いまできることを全力で

女子野球の未来を創る

橘田恵

竹書房

はじめに

「高校時代は女子〝初〟の小野高校硬式野球部練習生」
「大学時代は仙台六大学リーグ〝初〟の女子選手として公式戦に出場して〝初〟安打を記録」
「全豪大会〝初〟の日本人女子選手として優勝＆ＭＶＰ」
「全日本女子硬式野球選手権大会〝初〟の女性優勝監督」
「侍ジャパン女子（マドンナジャパン）〝初〟の女性監督」
「ワールドカップ〝初〟の女性優勝監督」

いずれも、私のことをマスコミに報じていただいたときの表現です。

詳しくは本書でお話しいたしますが、高校、大学時代は男子に交じって練習をして、いずれも強豪チームだったこともあってずっと私は補欠でした。でも野球が大好きで、野球から離れることができずにその後も国内外で野球を続けて、２０１２年に履正社医療スポーツ専門学校の女子硬式野球部「履正社ＲＥＣＴＯＶＥＮＵＳ（レクトヴィーナス）」の監督となって、創部2年目に全国制覇を成し遂げて初の女性優勝監督となりました。

２０１４年には、履正社高校の女子硬式野球部創部にともなって監督に就任。しばらくの間は専門学校と中学クラブチーム（履正社ＮＩＮＯ）、高校の３つで監督を続けて、高校の創部４年目となる２０１７年の全国高校女子硬式野球選抜大会で初優勝を飾ることができました。

そしてその後、私は日本代表の監督を務めることになりました。史上初の日本代表〝女性〟監督ともてはやされた２０１７年の「第１回女子野球アジア大会」、２０１８年の「第８回ＷＢＳＣ女子野球ワールドカップ」では、おかげさまで無事に優勝を果たすことができました。でも、高校・大学時代にずっと補欠だった私が日本代表監督を務めたこと、しかもワールドカップで優勝したことがいまでも信じられない思いです。

「あれは夢やったんちゃうかな」

そんなふうに思うときもあります。それくらい、私は必死で無我夢中でしたし、あっという間に終わったワールドカップでした。

かつては日本の国技とも称された野球ですが、近年は競技人口の減少が問題となっています。２０２３年夏に日本高野連が発表した調査結果によると、全国合計の硬式野球部員数は12万８３５７人で9年連続の減少、前年比は２９０２人減だったそうです。

しかし、実は私が携わっている女子硬式野球の競技人口は、男子とは逆に２０１０年代以降、右肩上がりを続けています。全日本女子野球連盟によると、中学生以上の女子硬式野球の競技人口は２０１５年には約１５００人だったのに対して、２０２３年は２９３７人に倍増しています。また、全国高校女子硬式野球連盟の加盟校数は、２０１５年は19校でしたが、２０２３年夏は3倍以上となる60校まで増えました。

女子野球はメディアに取り上げられる機会が年々増えて、２０２１年夏から高校女子硬式野球の決勝戦が甲子園や東京ドームで行われるようになったことや、近年競技人口が増加していることなども、みなさまに少しずつ知っていただけるようになってきました。それでも私は、現場と世間一般の認識の差がまだまだ大きいことに、常日頃からもどかしさを感じていました。

「女子野球が年々盛り上がっていることを知れば、あるいは女子でも甲子園や東京ドームでプレーできることを知れば、中学、高校と野球を続けてくれる女子選手がもっと増えるのではないか?」

これが、本書を記すことになった、大きな動機のひとつです。

私の現役時代を思えば、いまは女子選手の活躍できる舞台がたくさん用意されています。正直、現在の女子野球を取り巻く環境を見て「うらやましいな」と感じることもあります。でも、いまの女子野球があるのは私よりもっと前、過去にたくさんの女性選手たちが様々な困難に立ち向かい、いくつもの壁を乗り越えてきてくれたおかげです。この私も、高校時代に「野球はもう辞めよう」と本気で思ったことがあります。でもそのとき、アメリカ女子プロ野球で活躍する大先輩ふたり（鈴木慶子さんと山元保美さん）の存在を新聞記事で知り、野球を辞めることを思いとどまりました。

本書では私の球歴などを振り返りつつ、女子野球界の変遷を辿っていくとともに、いま現在、私が履正社で選手たちにどのような指導を行っているのか。日々どのように選手たちと接しているのか。実際にどういう練習をして、どういう野球を目指しているのかをご説明していきたいと思っています。

本書を手に取っていただいた方々が「女子野球って面白いな」と感じていただければ、さらには本書が女子野球のさらなる発展の一助となれば、著者としてこれほどうれしいことはありません。

目次

第2章 野球と私

日本の野球と海外の野球は、こんなにも違う！

第3章

「女子だからできない」ということはひとつもない

女子野球指導論

第4章 日本一になるために、何をすべきか？

第5章　女子野球の未来は明るい

第1章

いま、日本の女子野球が熱い！

私が女子日本代表〝初〟の女性監督に!?

「見るスポーツ」から「やるスポーツ」へ

——女子野球の競技人口は増えている

「はじめに」でご紹介したデータ以外に、過去といまの女子野球チーム数を調べたデータがあります。これは、中学生以上の女子硬式野球チーム数（中学、高校、大学、クラブチーム）を調べたものですが、２０１５年の62チームから、２０２３年には１１９チームとほぼ倍のチーム数になっています。女子にとっての野球は、かつての「見るスポーツ」から、実際に「やるスポーツ」へと変化しているのです。

女子野球の競技人口が増えたきっかけのひとつは、２００９〜２０１９年に活動していた日本女子プロ野球にあると思います。日本女子プロ野球は、京都に本社を持つわかさ生活という企業によって運営されていました（２０２０年シーズンはコロナで中止。その後、２０２１年に残念ながら無期限の活動休止が発表されました）。

女子プロ野球は約10シーズン行われて、京都を中心にシーズン通じて誰でも観戦できる環境が整備されていきました。この間に、女子プロ野球はメディア露出も増えて、一般の人たちにもその存在が知られるようになりました。

私が2017年から2018年にかけて、監督をさせていただいた侍ジャパン女子日本代表にも、当然のことながら女子プロ野球からも選手が選ばれていました。この頃、小学生だった子たちが、いま高校生となっています。そのせいでしょうか。うちの選手たちの進路相談をしていても、現在女子プロ野球は休止中にも関わらず「女子プロ野球選手になりたいです」という子がたくさんいます。

ひと昔前ですと、学童野球などでプレーしていた女子選手は、中学生に上がるとソフトボールに移行するか、野球を辞めて違う競技に流れていくかというパターンが多かったと思います。しかし、女子プロ野球ができて以降、中学生、高校生でもプレーできるチームが増えて、着実に女子野球の競技人口も増え続けています。いまではがんばって勝ち上がれば、甲子園や東京ドームで試合ができるまでになりました。これが大きな契機となって、高校のチーム数は2023年夏の60校からまだまだ増えそうな勢いです。

また、女子野球の競技人口の増加にひと役買っているのが、2013年から始まった「NPBガールズトーナメント」です。これは、軟式野球に親しんでいる小学生女子選手のために設けられた全国大会で、第1回大会からNPBと一般社団法人日本野球機構との共同主催によって行われています（参加資格は各都道府県の予選で優勝したチーム）。または各都道府県支部で編成した選抜チーム）。履正社に入学してくる女子選手の中には、このガールズトーナメントに出場した子たちもたくさんいます。

さらに、ガールズトーナメントの中学生版ともいえる「全日本中学女子軟式野球大会（SPトーナメント・全日本軟式野球連盟主催）」、「全日本女子軟式野球学生選手権大会・中高生の部（全日本女子軟式野球連盟主催）」、「全日本女子中学生硬式野球選手権大会（全日本女子野球連盟主催）」という全国大会も毎年夏に開催されていて、これらも多くの女子野球選手が参加する大きな大会です。

中学生以上の女子硬式野球チーム数が、2023年の時点で119チームと先ほど述べましたが、これらのチームは全国に点在する7つの地域リーグにも所属しています。そのリーグの内訳は次の通りです。

【各地域のリーグ（2024年6月時点）】

北海道女子硬式野球連盟　7チーム

東北女子硬式野球連盟　9団体11チーム
関東女子硬式野球連盟　ヴィーナスリーグ（関東）54チーム
中部女子硬式野球連盟　センターリーグ（中部）12団体15チーム
関西女子硬式野球連盟　ラッキーリーグ（関西）29団体30チーム
中四国女子硬式野球連盟　ルビーリーグ（中国・四国）17団体19チーム
九州女子硬式野球リーグ　7チーム

各地域のリーグでは、それぞれシーズンを通してリーグ戦を行っていて、私たち履正社女子硬式野球部は、関西女子硬式野球連盟（高校は春がラッキートーナメント、秋がラッキーリーグ）に所属しています。この地域リーグの存在も、競技人口の増加に大きく貢献していることは間違いないでしょう。

ここまでご紹介してきたように、現在の日本女子野球界にはいろんなシステムや大会、リーグ戦があり、それらの相乗効果によって競技人口が増えてきたと考えられます。

全国の女子硬式高校野球の勢力図

前項で、全国各地域に7つのリーグ戦があることをご紹介しました。このリーグ戦には私たちのような高校チームのほか、中学、大学、クラブチーム、さらにはNPB球団3チーム（読売ジャイアンツ女子チーム、埼玉西武ライオンズレディース、阪神タイガースWomen）も参加しています。

各エリアの強さを高校に限っていえば、現時点では関西エリアが一歩リードしているように感じます。関東も女子野球の普及発展に大きく貢献してきたエリアで、近年は東北エリアの強豪もかなり力をつけてきている印象です。

そのほか東海、中部、北信越などにも、全国大会で上位に進出する常連校が増えてきています。いずれも、男子高校野球が強いエリアは女子野球も盛んで、強いチームが多いといえるかもしれません。

第2章で詳しくお話ししますが、私は大学卒業後の2006年から花咲徳栄高校の女子硬式野球部でコーチをしていたことがあります。その頃は女子硬式野球チームも少なくて、埼玉栄、花咲徳栄、駒澤学園女子、蒲田女子、神村学園などは単独で大会に出場していましたが、それ以外に各地域の連合や選抜チームのほか、普段はソフトボールチームとして活動している学校も参加していました。当時はチーム数が少なかったこともあって実力は拮抗していて、どこが優勝してもおかしくない状況でした。でもそんな中、埼玉栄の優勝が多かったように記憶しています。

いまでこそ、女子高校野球を牽引する関西エリアですが、私が花咲徳栄にいた頃は兵庫の連合チームが1チーム参加しているくらいでした。学校として女子硬式野球チームを創部したのは、2010年の福知山成美が最初になります。

その後、2014年には福知山成美が全国大会で初優勝を遂げました。この年、2023年に史上初の3冠（ユース大会、センバツ、選手権大会の3大大会すべてで優勝）を達成した神戸弘陵と、私たち履正社に女子硬式野球部が創部されました。初優勝した頃の福知山成美はとても人数が多くて、創部したばかりの私たちはとてもではないですが、福知山成美に太刀打ちできる実力はありませんでした。

創部当時、神戸弘陵の1期生は30人ほどいましたが、私たち履正社はたったの5人でした。神戸弘陵と私たちは、創部以来しのぎを削って成長してきました。創部当時は、私が専門学校のチームと監督を兼務していたこともあって、野球部の運営はいろいろと大変でした（創部当時のことも本書で追ってお話しします）。

創部から10年が経って、神戸弘陵は史上初の3冠を成し遂げるなど、圧倒的な強さを見せています。その神戸弘陵を追う形で、私たち履正社ほか日本全国のチームががんばって、実力を伸ばしているところです。

また、2024年のセンバツで対戦して私たちが勝ったものの、駒大苫小牧は選手個々のポテンシャルが高く「このチームはすごいな」と肌で感じました。対戦前に駒大苫小牧の試合を2試合ほど見たのですが、神戸弘陵よりも強いのではないかという印象を持ったほどです。北海道は駒大苫小牧のほかにも、旭川明成など新たな力が台頭してきています。

2023年のユース大会で、初優勝を飾ったクラーク記念国際仙台の監督は、西武ライオンズや中日ドラゴンズで活躍した広橋公寿《こうじゅ》さんが務めていらっしゃいます。近年の女子高校野球の指揮官には広橋さんのような元プロのほか、元女子プロ野球選手や侍ジャパン女子日本代表の経験を持つ監督さんも増えてきています。

北信越では福井工大、四国では高知中央、中国地方では岡山学芸館が力をつけてきています。男子高校野球の強豪として知られている広陵にも、2022年に女子野球部が創部されました。また、全国的にも有名な福島の聖光学院にも、2024年春に女子野球部が誕生するなど、全国各地で新たなチームが続々と生まれています。

花咲徳栄高校から指導者人生がスタート

私の現役時代の数々の思い出は第2章でお話しするとして、この章では指導者となってからの経歴（侍ジャパン女子日本代表監督含む）や各種大会での戦績、印象に残っている出来事などを語っていきたいと思います。

私が初めて「監督」という立場に就任したのは、2010年のことです。南九州短期大学の女子硬式野球部が、指揮官としてのスタートでした。その後2012年に、履正社医療スポーツ専門学校の女子硬式野球部「履正社レクトヴィーナス」の初代監督として、私の2回目の監督人生がスタートしました。

「レクトヴィーナス」のレクトは、スペイン語で「正しいこと」を意味します。履正社の建学精神である「履正不畏」（正しいと信じることを、何ものも畏れず実践する）を表現したかったのですが、英語だと「right」であまりにも普通すぎるのでスペイン語を使い、当時の釜谷《かまや》等《ひとし》校長先生（現・理事長）から「チーム名にヴィーナスを入れよう」とアドバイスをいただき、ふたつを合わせたチーム名にしました。

レクトヴィーナスを創部してすぐの2年目（2013年）に、私たちは奇跡的に全日本選手権（正しくは第9回全日本女子硬式野球選手権大会）で初優勝を収めました。「奇跡的に」などと言うと「自分たちのことなので謙遜して言っているのだろう」と思われる方もいるかもしれませんが、この優勝は本当に奇跡でした。なぜなら、1年目には公式戦で1勝もできず、2年目も公式戦では1勝も挙げられなかったチームが、初の公式戦1勝からその勢いのまま、全国制覇を成し遂げたのですから……。

「全日本女子硬式野球選手権大会」はいまでこそ、高校、大学、クラブチームの上位進出チームおよび各地のリーグから選出された「選ばれし者」が集う大会（28チームが参加）となりましたが、2013年当時はどのカテゴリーもまだいまほどチーム数が多くはなかったので、私たちのように1回も勝ったことのないチームでも、この大会に参加することができたのです。

予選リーグ（約30のチームでまず予選を行い、上位12チームが決勝トーナメントに進出）の最初の相手は、山口のクラブチームでした。私たちはそれまで、試合という試合で勝ったことがありません。監督である私としては「まずは1勝！」と選手たちを鼓舞していましたが、心の中では「大丈夫かな。また負けんのかな……」と不安だらけでした。ところが、私たちはこの試合で、チームとしての初勝利を挙げました。しかも、コールド勝ちというおまけつきです。初めての勝利に、選手たちはうれしくてみんな抱き合って泣いています。もちろん私もうれしかったのですが、コールド勝ちをして泣いて喜んでいるチームを初めて見ました。きっと相手チームも「コールド勝ちで楽勝だったのに、なんで泣いているんだろう？」と不思議に思っていたことでしょう。

このコールド勝ちの勢いに乗って、私たちはリーグ戦を突破して決勝トーナメントに進出しました。決勝トーナメントでも私たちの勢いは衰えるどころか増すばかりで、初戦（2回戦）と3回戦（準決勝）では、いずれも1点差の接戦を制して決勝に進みました。決勝の相手は、その年の高校チャンピオン（全国高校女子硬式野球選手権大会優勝）である福知山成美でした。

決勝までは、実力というより勢いだけでラッキーな勝利を重ねてきた部分があったので、高校チャンピオンとの対戦を目の前にして、私は「きっとコールドで負けるんやろな」と思っていました。

福知山成美とは同じ関西圏ということで、たまに練習試合をすることもありました。当時の福知山成美は部員数がとても多くて、チーム内にＡＢＣの３チーム（一〜三軍）があり、私たちはＣチームとしか対戦したことはありませんでした。しかも、そのＣチームにすら一度も勝ったことがないのに、いきなり公式戦でＡチームとやることになったのです。どう考えても、私たちに勝てる要素はひとつもありませんでした。

ところが、私たちは「奇跡的」に福知山成美に勝ってしまいます。うちの左のエースピッチャー・松尾莉奈のがんばりもあって、私たちは２－１でミラクル初優勝を成し遂げたのです。

優勝できた最大の理由は「左右のＷエースがよかったから」というひと言に尽きます。私たちは、左のエース・松尾と右のエース・杉本冴映《さえ》が交互に登板しながら、奇跡的に勝ち上がっていきました。決勝での松尾の投球は、全力で投げても「バッターの手元で曲がりながら落ちていくストレート」が効果的でした。強豪チームは普段から速いピッチャーを想定した練習をしていますから、うちのエースの連投疲れによる「全力遅球」にタイミングが合わなかったのでしょう。試合後、記者の方から「エースは、いいスライダーを投げますね」と言われて、私もあえて否定はしませんでしたが、それは全部ストレートだったのです。

それにしても「超」のつくほど弱小だったレクトヴィーナスが、なぜ国内最高峰のトーナメントで優勝できたのか？　勝因をＷエースのほかにもうひとつ挙げるとすれば「どの対戦相手も油断してくれていたから」だと思います。私たちはそれまで1勝もしたことがない完全にノーマークの存在でしたから、相手チームにしてみれば「履正社？　楽勝でしょ」と思うのは当然です。それが実際に戦ってみたら大接戦となり、相手は焦りも加わって力みにつながっていったのだと思います。

優勝時のチームは総勢13名でした（中学・高校生混成の履正社ＮＩＮＯと2チーム出場）。1チームの人数が少ないぶん、チームワークはよかったと思います。当時の私はまだまだ血気盛んで、いまよりも厳しく選手たちに接していました。「この子たちに1勝させてあげたい」という熱い思いが、熱血指導となっていたのかもしれません。

キャプテンだった東亜夢香《あずまあゆか》は、中学、高校と吹奏楽部に所属していて、しかも部長。野球経験はありませんでした。専門学校に入ってから「野球をやってみたかった」と、レクトヴィーナスに入部してきたのです。野球初心者ですから、打撃も守備もまったくできない状態です（肩は強かった）。でも、チーム一のがんばり屋さんだった彼女は基本からしっかり学んで、少しずつ守備力を伸ばしていきました。

練習が大好きで、中でも一番好きなメニューが「特守」でした。「監督、特守お願いします！」と言われたら私も断れません。彼女のポジションはサードでしたが、正面に打って顔にでも当たったら大変です。私なりに気をつかって、いつも三遊間方向にノックを打っていました。

すると、彼女は簡単で単調なノックに痺れを切らしたのでしょう。ある日、ノック中に突然「もっと難しいのを打ってください！」と言ってきたことがありました。私としては「こっちの気も知らんで……」と思いましたが、彼女のそんながんばりがナインにも認められて、ただの初心者だった彼女が1年目からキャプテンを務めることになりました。

このように、素人同然の選手もいる中での全国制覇です。一番驚いたのは、監督である私でした。学校側も最初は「専門学校のカテゴリーでの優勝」だと思っていたようで、全カテゴリーが集まる全国最高峰の大会での優勝だと知ってから「履正社始まって以来の全国制覇だ」と、盛大な祝勝会を開いてくれました（履正社高校の男子硬式野球部が夏の甲子園で全国制覇を成し遂げるのは、それから6年後の2019年のことです）。

学校の体育館にわざわざホテルのシェフを呼んで、かなり盛大な立食パーティーをしていただきました。私は、女子野球という競技に対しても、このように立派な祝勝会を開催してくださった学校にただただ感謝でした。あまりにも盛大すぎて、正直びっくりしたほどです。

2014年、履正社高校女子硬式野球部が誕生して監督を兼任
――高校女子硬式野球の1年間の流れ

レクトヴィーナスは専門学校の女子硬式野球部ですが、当時は女子選手が硬式野球をプレーする環境があまりなくて、地域の社会貢献を兼ねたクラブチームという面も併せ持っていました。そういった理由から、レクトヴィーナスには関西圏の中学・高校生もわずか

ですが在籍していました。それが２０１３年の全国優勝を機にレクトヴィーナスの名が広まり、中学・高校生の部員数が増加していきました。

２０１４年に、学校側から「レクトヴィーナスの選手を履正社高校でも募集しよう」という提案がありました。このひと言が、履正社高校に女子硬式野球部が創部されたきっかけです。だから、最初は高校に女子野球部を創設したというよりは、履正社高校にも女子野球ができる環境を作ろうとして選手を募集した、と言ったほうが正しいかもしれません。その1期生には、５人の選手が入部してくれました。

レクトヴィーナスのメンバーも増えていったので、まずチームを全日本選手権同様にＡＢのふたつに分けて、高校の５人はＢチーム（履正社ＮＩＮＯ）の一員として活動を開始しました。当初、私は専門学校と高校の監督兼任というより、履正社ＲＥＣＴＯＶＥＮＵＳと履正社ＮＩＮＯの監督としてＡＢの２チームを指導していたのです。

いまでこそ、箕面キャンパスに立派な専用グラウンド（２０１６年5月に完成）がありますが、当時私たちに専用のグラウンドはなくて、茨木キャンパスの野球部のグラウンドを週に1回（月曜）借りて練習をしていました（それ以外の日は、高校の校庭を部分的に使って練習）。

2015年には高校に8人の部員が入ってきて、計13人となりました。この年から高校も単独で1チーム編成となったので、私はレクトヴィーナス2チーム（履正社RECTOVENUSと履正社NINO）+高校1チームの計3チームの面倒を見るようになりました（現在履正社NINOは、中学生クラブチームとして活動中）。

ここで、高校女子硬式野球の1年の流れ（公式戦）を大まかにご説明したいと思います。高校女子硬式野球界では、8月末の「ユース」、春の「センバツ」、夏の「選手権」の3つが3大大会といわれています。

私たちが参加している大会やシーズンの流れは、このような感じです。

履正社高校女子硬式野球部の第1～3期生と、履正社RECTOVENUS、履正社NINOの選手たち

3月末　「センバツ」全国高校女子硬式野球選抜大会（埼玉県加須市、幸手市、行田市）

4月末　アイリスオーヤマカップ（宮城県）仙台大学主催

5〜7月　ラッキートーナメント関西女子硬式野球選手権大会

7月末〜8月頭　「選手権」全国高校女子硬式野球選手権大会（兵庫県丹波市、淡路市）

8月末　「ユース」全国高校女子硬式野球ユース大会（愛知県、岐阜県）

10月　全日本女子硬式野球選手権大会（愛媛県松山市　※先ほど説明した全カテゴリーの上位チームが集う国内最高峰の大会）

9〜11月　ラッキーリーグ（関西女子硬式野球リーグ）

11月　栃木さくらカップ（栃木県）エイジェック主催

実は、先ほどの3大大会に現在は予選がありません。出場したい高校女子硬式野球部は、登録さえすれば出場できます。いまはまだそのような状況ですが、今後チーム数がさらに増えてくると、いまのような方式での開催は難しくなってくるかもしれません。

ラッキーリーグ（関西女子硬式野球連盟）は、２０１３年に創設された関西のリーグです。中学、高校、大学、関西のクラブチームなど、２０２４年現在で25チームが参加しています。春に行われるラッキートーナメントも、同連盟によって行われています。女子野球の隆盛に伴い、同連盟の登録チーム数も年々増えています（関西では、リーグ戦よりもトーナメントのほうが先に行われていました）。

先ほどの各大会を見てもわかるように、遠方に出ていく大会がとても多く、いずれも招待試合ではないためすべてを自費で賄わなければいけません。うちでは春の「センバツ」だけは部員全員で行くようにしていますが、それ以外は登録メンバー（25人）だけの遠征として、出費を極力抑えるようにしています（保護者の方々のご負担をできるだけ軽減するために）。

２０１７年、春のセンバツで初優勝！

２０１４年に高校に入部してきた5人の1期生が、２０１６年に最上級生となりました。

初めて3学年が揃って戦力もそれなりに充実していて、選手たちも技術、体力だけではなく〝考える力〟をそれぞれが身につけて「自分たちは何ができて、何ができないのか」をチームとしてしっかり理解していたように思います。

私は、この年に何かの大会で優勝したい、もっと言うと「このメンバーなら優勝できる」という感触を得ていました。でも、なかなか勝ち切ることができませんでした。そして、最後となる選手権大会に「絶対優勝するぞ」と意気込んで臨みましたが、初戦で愛知の至学館にトリックプレーをされるなどして敗退してしまいました。まさかの1回戦負けで、3年生にとって最後の夏が幕を閉じたのです（その後の全カテゴリーのチームで最強を競う全日本女子硬式野球選手権大会では、高校や大学チームに勝利したものの決勝進出はならず3位）。

翌2017年のチームは、野球脳に優れている選手が多く、前年のチーム以上に自分たちで考えて野球をしていました。そして迎えた春のセンバツ。決して打力のあるチームではありませんでしたが、選手たちは粘り強く、泥臭く、戦ってくれました。

あの代の選手たちは主将の吉井温愛《はるえ》を中心に、私が次にどんなサインを出すかをみんなが理解してくれていたので、私としてもとても戦いやすかったのを覚えています。4番バッターでも、私は必要であれば迷わずバントのサインを出しました。そして4番だった香川怜奈《れいな》は、そんな私の考えを察していつもバッターボックスに入っていました。私たちはヒット2本で勝つ野球、いわゆる「守り勝つ野球」で勝ち上がって、創部4年目にして初の全国優勝を収めることができたのです。

この大会で利用した宿が大部屋で、チーム16人がひと部屋で寝泊まりしていました。後になって後輩たちから聞いた話では、夕食後の部屋でも先輩たちはのんびりすることなくずっと野球の話をしていて、それが口論に発展す

第１期生最後の全日本女子硬式野球選手権大会では、大学生のチームなどにも勝利して第3位に

るくらいの熱い会話を毎晩していたそうです。あの年のチームは、このように寝ても覚めても野球のことだけを考えている選手たちが揃っていました。

実はこの年まで、参加した春のセンバツで私たちは勝ったことがありませんでした。そこで、選手たちに私は初戦の前に「勝ったらしゃぶしゃぶ食べ放題やぞー」と目の前にニンジンをぶら下げました（しゃぶしゃぶ食べ放題といっても、宿の近くにランチで９００円台で食べられるしゃぶしゃぶの店があるのを私は見つけていたのです）。

しゃぶしゃぶ効果もあって（!?）、私たちはセンバツで初勝利を挙げました。しかし、試合終了が15時を過ぎていて、目当てのラン

創部４年目の2017年に、第18回全国高校女子硬式野球選抜大会で初優勝

チ時間も終わっていました。夜の食べ放題となると、値段はランチの3倍以上となります。

「どうしましょうかね……」

大先輩の平田博美部長先生に相談すると「約束したし、選手たちも喜んでいるし」とカッコいい部長の采配によって、夜のしゃぶしゃぶ食べ放題に選手たちを連れていくことになりました。

次の日も「勝ったらとんかつ、負けたらのり弁」などと飽きもせず、懲りもせず、私はニンジン作戦を続けました。当時は部員数が16人だったのでこういったニンジン作戦もできましたが、いまは人数が多すぎてなかなかみんなで一緒に食事をすることもできません。

私たちは、夏の選手権でも春に続いて2冠を狙っていたのですが、惜しくも準優勝に終わりました。やることなすこと、すべてが裏目に出ての準優勝。いまでも「あの大会は、私が選手たちの足を引っ張ってしまった」と反省しています。

その後は年々チーム数が増えてきて、いまや女子高校野球は「戦国時代」の様相を呈しています。とりあえず私たちは、2017年以降も毎年いずれかの大会で3位以内の成績を収めていますが、近年は3位に入るのも簡単ではなくなってきました。

平田部長には「それぞれの年代で必ず全国3位以内に入っている。それを続けているのはすごいことだよ」と褒めていただいたこともあります。でも「すごい」のは選手たちです。私は、選手たちのがんばりにいつも救われています。3位は確かにすばらしい結果ですが、私としては「ブロンズコレクター」と呼ばれないように、さらには「選手たちの足を引っ張らない」ように、監督としてもっとがんばっていかなければならないと思っています。

2017年、女性初の侍ジャパン女子日本代表監督に就任

第2章で詳しくお話ししますが、私はオーストラリアで野球をやっていたことなどもあって、2009年から日本代表の国際大会〈U12、U16〈現在はU15〉、U18、女子野球のワールドカップなど〉のお手伝い〈テクニカル・コミッショナー＝TC、技術委員〉をしてきました〈各大会を取り仕切り、運営しているのはWBSC〈世界野球ソフトボール連盟〉です〉。TCとしての仕事ぶりが評価されたのか、2016年9月に行われた「第7

回女子野球ワールドカップ（開催地／韓国）」において、私はそのTCたちを束ねる最高責任者であるテクニカル・ディレクター（TD）に任命されて、大会運営を主導しました。

こういった経緯もあって、私は女子日本代表チームのスタッフ、運営しているWBSC事務局の方々とは以前から交流がありました。ワールドカップ終了からしばらく経って、NPBの前事務局長で全日本女子野球連盟の会長（いずれも当時）だった長谷川一雄さんから連絡をいただきました。

「女子日本代表の次期監督を橋田にお願いしたい」

野球界の大先輩であり、全日本女子野球連盟の会長からの直々の依頼です。私に断る権利などないのですが、迷いました。いえ、迷うというより「私に代表監督は荷が重すぎる」と腰が引けたのが正直なところです。

前代表監督だった大倉孝一さんが駒澤大学硬式野球部の監督となったため、私に白羽の矢が立ったのでしょう。専門学校のレクトヴィーナスで2013年に全日本選手権で優勝し、2017年には高校のセンバツでも優勝しました。当時、クラブチームと高校を率いて、両方ともに全国大会で優勝した経験のある女性監督は、たぶん私ひとりだけでした。さらに、国際大会で裏方を長く続けていた経験があったこと、英語を話せることなども考慮されたのかもしれません。

長谷川会長は、こうも言いました。

「橘田の意見ではなく、学校の意見が聞きたいんだよ」

要するに「橘田自身に断る権利はない。学校にＯＫかどうか聞いてくれ」ということです。いや、もしかしたら長谷川会長は私の力を評価してくださっていたので、そのような言い方をしたのかもしれません。私は、理事長先生と校長先生に判断を仰ぎました。

これまで、女子選手たちと一緒に楽しく野球をやってきただけの私に、日本代表の監督などとても務まるとは思えませんでした。私に断る権利はないと知りつつ「受けるのか、断るのか」、人生の一大決心だと思いました。私は生まれて初めてといってもいいくらいの、人生の大きな岐路に立ったのです。

理事長先生たちに話を伝えた後、私はいつも通り練習に出ましたが、頭の中は代表監督のことでいっぱいでした。気づかないうちに、独り言で「人生の岐路やなー」とボヤいていたようです。すると、それを聞いた一部の選手、保護者の間で「橘田監督、ついに結婚か？」と噂が立って、あっという間に部内に広まってしまいました。まあ、それもいまではいい思い出ですが……。

その後、学校側からは「そんな名誉な話を断れるわけがない」と代表監督の就任を了承していただき、私は女子日本代表初の女性監督になることが決まったのです。

私が代表監督に就任する話は、正式に記者発表されるまでは口外してはならない、と全日本女子野球連盟よりきつく言われていました。しかし、ある日理事長が専門学校のキャンパスツアーでグラウンドを訪れた際、ツアーの参加者さんたちに「ご紹介します。履正社高校女子硬式野球部の橘田恵監督です。橘田監督は今度、女子日本代表の監督にもなるんですよ」と言ってしまいました。

私は心の中で「おいおい」と理事長にツッコミを入れていましたが、マスコミの方がいたわけではないので、この一件はまったく問題になりませんでした。逆にこの発言のおかげで、選手たちが「人生の岐路って、このことだったのか！」と理解してくれて、部内でのあらぬ噂が解消されて一件落着となったのです。

女子日本代表がワールドカップで前人未到の6連覇を達成!

侍ジャパン女子日本代表の監督として、私は2017年の「第1回BFA女子野球アジアカップ（開催地／香港）」と、2018年の「第8回WBSC女子野球ワールドカップ（開催地／米国・フロリダ）」の2大会で指揮を執りました。

のちに長谷川さんに聞いた話では、本当は2018年のワールドカップの代表監督だけを私に頼む予定だったそうです。しかし、2017年のアジアカップは「日本代表」ではなく「U18」の高校ジャパンで参加することになったので「だったら高校にも精通している橘田に2017年から頼もう」となったとのことでした。

選手として女子日本代表にも選ばれたことのない私が、代表のトップに就任することになったわけですから、私は就任前から日の丸のプレッシャーに押しつぶされそうでした。U18で臨んだ第1回アジアカップでは、無事に優勝して終えることができました。でも、ほっとするのも束の間。私には、翌2018年にメインであるワールドカップが控えていました。

ワールドカップ前に行われた合宿での最初のミーティングで、私は選手たちにこのような話をしました。

「私は代表に選ばれたことはありません。みなさんが着ているそのユニフォームで、私もグラウンドでプレーをしたかったです。そういう気持ちであなたたちを見ている人が、日本にはたくさんいます。その気持ちも背負ってプレーしてください」

選手たちにとっては、代表に選ばれたこともない人間が自分の上にいるわけです。きっとみんな、最初は半信半疑で私のことを見ていたと思います。

当時もいまも、女子日本代表は世界最強（世界ランキング1位）です。ワールドカップにおいては、第3回から第7回まで5回連続で優勝していました。私が監督となってからも「前人未到のワールドカップ6連覇」が日本代表の至上命令でした。

「スモールベースボール」は、日本の野球のお家芸ともいえる大きな特徴ですが、女子日本代表も同じように「スモールベースボール」を得意としてきました。走塁、犠打、機動力などすべてにおいてレベルが高く、とくに他国と比べてバッテリーの質が圧倒的に高いのが一貫した女子日本代表の特徴です。

先ほども述べたように、日本代表には6連覇がかかっていました。私は知らなかったのですが、これ以外にも日本代表には課せられた連続記録がありました。それは、第4回ワールドカップから続く「21連勝」の継続です。

ワールドカップ前に、長谷川さんから「橋田、いまの記録は5連覇だけじゃないんだぞ。前回大会まで、予選を含めてすべて勝っている(21連勝)からな。わかっているな」と言われました。大会6連覇の記録がかかっている上に、予選といえども1回も負けられないのです。

「やっぱり、代表監督なんて受けるんやなかった……」

後悔先に立たずとは、まさにこのことです。

ワールドカップのスタッフ編成を決める際、私は全日本女子野球連盟に「スタッフにひとり、元プロの方を入れてもらえないでしょうか」と相談しました。すると、当時阪神タイガースで球団本部の部長をしていた木戸克彦さんが、ヘッドコーチとして入ってくれることになったのです。

ワールドカップ期間中、木戸さんには配球や采配だけではなく、指導者としての心構えなどいろんなことを教えていただきました。アメリカ戦の前には、配信映像などでアメリカチームを分析した木戸さんが、傾向と対策を選手たちに細かく指示してくださったりもしました。

ミーティング中にもサングラスをしている私を見て、木戸さんは「サングラスなんかせんで、監督はどんと構えておけばええんや」と言いました。でも、私はカッコつけてサングラスをしていたわけではないのです。あのときの私はいつも不安でいっぱいだったので、ミーティングのときに目が泳いでしまうことがありました。それを隠すために、私はサングラスをしていたのです。そのことを正直に話すと、木戸さんは「それならしゃーないな」と笑って許してくれました。

結局私たちは10日間で9試合を戦い、9戦全勝。前人未到の6連覇だけではなく、連勝記録も「30」に伸ばすことができました。優勝を決めた後はうれしさや喜びよりも、記録を継続できたこと、さらには重度のプレッシャーから解放された安堵感に包まれていたので、涙もさほど出なかったように記憶しています。

絶対に負けられない大会中、きつかったのはオープニングラウンドのカナダ戦（2－1で勝利）とキューバ戦（4－1で勝利）です。中でもキューバ戦は、スクイズを失敗した直後に1点を取られて試合は終始劣勢でしたが、最終回に日本が4点を取って逆転勝利を収めることができました。キューバ戦の終盤は「やばい、死ぬ」と生きた心地がまったくしませんでした。

当時、単身赴任で私の弟がアメリカで仕事をしていて、キューバ戦などにもフロリダまで応援に来てくれていました。1回も負けられないプレッシャーから、私は弟に「万が一、どこかで日本が負けたら、誰でもいいから結婚相手を探しといて」とお願いしていたほどです。「負けたら（連勝記録を途切れさせたら）、日本には帰れない」と、私は本気で考えていました。いまとなっては、1回も負けずに優勝できて本当によかったと心の底から思っています。

日本に帰国してからも、私のところにマスコミが何社も取材に来てくれました。そういった意味では、女子野球の普及に少しでも貢献できたことに喜びを感じています。ただ、代表監督在任中は本当にいろんなことがありましたし、これ以上ないプレッシャーも経験しました。あれから6年が経ちましたが、正直なところ「代表監督はいい経験をさせてもらったけど、もうお腹一杯」という思いのほうがいまは強いです。

代表監督をしてみて、私を応援してくれる人もいるけれど、逆に私が迷惑をかけている

侍ジャパン女子“初”の女性監督として、第8回WBSC
女子野球ワールドカップで前人未到の6連覇を達成

人もたくさんいるんだと感じました。当時、私は両親から生まれて初めて「勝たないといけない」と言われました。現役時代も含めて、それまで両親からそのようなことを言われたことは一度もありませんでした。このひと言は、ほかのどんな言葉よりも重かったです。日の丸を背負っていたのは、私だけではなかったことを知りました。

本書が出版される頃には、コロナ禍などで延期になっていた「第9回WBSC女子野球ワールドカップ」のファイナルステージが終了しているはずです（2024年7月28日〜8月4日に、カナダ・サンダーベイで開催）。前回に続いて、今回も木戸さんがヘッドコーチとしてスタッフ入りしています。旧知の間柄である中島梨紗監督には、プレッシャーに負けずにがんばってほしいです。女子日本代表の「前人未到のワールドカップ7連覇」を私も信じています。

2021年夏、甲子園が女子決勝の舞台に
――でも目標はあくまでも日本一！

私が男子に交じって野球をしていた高校時代（2000年前後）から「女子が甲子園で野球ができるかもしれない」という報道はたまに見かけていました。あれから20年の時を経た2021年夏、ついに高校女子硬式野球チームの試合が甲子園で実現しました（第25回全国高校女子硬式野球選手権大会・決勝戦）。女子野球にとって甲子園初開催となったこの決勝戦では、全40チームの中から神戸弘陵と高知中央が勝ち上がって決勝の舞台に進み、4－0で神戸弘陵が歴史的勝利を収めました。

この女子野球史上初の甲子園は、当時の朝日新聞・高校野球総合センター長だった山本秀明さん（現在は、朝日新聞大阪本社代表補佐役とともに、日本高野連副会長も務めていらっしゃいます）と日本高野連、さらには全日本女子野球連盟の山田博子会長たちが協議を続けた結果、2021年夏の開催にこぎつけたものです。

実は「もう野球を辞めようかな」と思っていた高校時代、私は山本さんの書いた記事を見て、辞めるのを思いとどまった過去があります。その記事は「野球少女の夢　米であす開く」の見出しで、記事の中ではふたりの日本人選手に関しても紹介されていました（「はじめに」でもご紹介した鈴木慶子さんと山元保美さん）。私はその記事を読んで「女子でもプロになれるんや。だったら私もアメリカを目指そう」と奮起することができました。

その山本さんが20年の歳月を経て、甲子園での女子野球開催を実現させてくれたのです。

残念ながら私たち履正社は、まだ甲子園開催の選手権決勝まで辿り着くことができていません。でも、いまの女子選手たちにとっては「目指せ、甲子園！」が大きな目標となっています。男子に交じって野球を続けるしかなかった私の現役時代を思えば、恵まれた時代になったと感じます。

夏の選手権での決勝進出、そして甲子園で戦うことは私たちが目指しているところではありますが、目標はあくまでも日本一です。だから選手たちにもいつもそう言っていますし、そこだけは履き違えてはいけないといつも肝に銘じています。

２０２４年の３〜４月に埼玉で行われたセンバツでは、私たちは準決勝で神戸弘陵に０－５で敗れて、ベスト４に終わりました。現在の女子高校硬式野球の最強といってもいい神戸弘陵の壁を越えない限り、日本一はありえません。また、発展著しい女子野球は、神戸弘陵以外にも強いチームが次々と現れてきています。

そんな戦国時代ともいえる群雄割拠の女子野球ですが、２０２４年4月下旬に仙台で行われた「第1回アイリスオーヤマ杯女子硬式野球交流大会」において、私たちは記念すべき初代王者になることができました。

この大会は高校、大学、クラブチームの強豪10チーム（日本ウェルネス宮城、クラーク記念国際仙台、履正社、惺山、花巻東、盛岡誠桜、秀明八千代、岩瀬日大、侍、仙台大）の参加で行われ、私たちは仙台大との決勝を11－0で制して優勝しました。

今回の優勝は、私たちにとって久しぶりの優勝となりましたが、いまはこの勝利に浮かれることなく、夏の選手権での日本一を目指して日々練習に励んでいるところです。

余談となりますが、この「アイリスオーヤマ杯」の初戦で、仙台六大学リーグで審判員を務めていらっしゃる石垣謙一さんが球審をしてくださいました。実はこの石垣さん、私が仙台大時代に初ヒットを打ったときに球審を務めていた方だったのです。試合前に石垣さんからその話とともに「今日はこの大会の参加を志願して、こちらの球審をやっています」とお伺いして、20年以上ぶりの再会に驚くやら、感動するやらで「こんなことって、あるんやな」と人生の不思議さ、人との縁の大切さを再認識する日となりました。

また、同大会には埼玉のクラブチームである「侍」も参加していたのですが、侍には女子硬式野球・最年長投手のレジェンド、千葉奈苗《ななえ》さん（2025年7月に還暦をお迎えになるそうです）がいます。私は千葉さんには学生時代から大変お世話になっていて、試合の合間にお声がけして、選手たちとともに記念写真を撮らせていただきました。千葉さん

第1回アイリスオーヤマ杯女子硬式野球交流大会で、女子硬式野球・最年長投手のレジェンド、千葉奈苗さんと一緒に記念撮影

は2022年に卵巣がんを患い、そこから奇跡の復活を果たしたまさに女子野球界の鉄人です。選手たちもレジェンドに会えて、とても感動していました。

フェアプレーが当たり前の女子野球にしたい

日本の野球は「勝利至上主義」の時代が長く続いたため、ダーティーな野球が当たり前のようなところがいまだに残っています。

女子野球の世界では、フライが上がると「落ちる!」、ゴロが行くと「やる、やる!」などと言ってきたり、サイン盗みを平気でやってきたりするなど、フェアプレー精神に欠けているチームが残念ながら存在します。こういったチームがまだあるのは、いきすぎた勝利至上主義による弊害だと私は思っています。

ダーティーなチームとは、対戦していても単純に楽しくないですし、腹も立ってきます。「落ちる! やる、やる!」などと叫ぶ選手を、指導者はなぜ止めないのでしょうか?

私は本当に不思議でなりません。

履正社に入ってきた1年生の中にも、そういった野球をする環境で育ってきた選手もいます。私はそんな1年生を見かけると「そういう言い方はダメなんやで」「そういう野球はしたらあかんねんで」とその都度、丁寧に教えるようにしています。

うちでは、相手がエラーをして得点しても「喜ばない」ということを徹底しています。デッドボールで出塁したり、得点できたりしても「喜ぶな」と私は教えています。

また、相手のいいプレーに関しては「『ナイスプレー!』と拍手をして称えなさい」とも指導しています。負けているときに、相手のファインプレーが出てチャンスを絶たれたら、当然うれしくはないでしょう。でも、そんなときこそ「ナイスプレー!」と相手を称える気持ちを持つ。それが本当のフェアプレー精神だと私は思うのです。

フェアプレーの精神を選手たちに教えるには、まず指導者が見本を示していく必要があります。でも、そのようなフェアプレー精神を持った指導者は少ないのが、残念ながら女子野球界の現状です。女子野球だけではなく、野球界全体の発展や競技人口を増やしていくことを考えれば、こういった悲しい現実は少しずつ変えていかなければなりません。

親交のある横浜隼人の田村知佳監督と、福知山成美の長野恵利子監督。ふたりともに女性監督ですが、きちんとしたフェアプレーの精神をお持ちで、対戦するたびにいろんなことを学ばせていただいています。２０２３年のユース大会、２０２４年のセンバツともに3位入賞を果たした蒼開（兵庫）の井手麻由佳監督も、まだ20代後半と若いですが、しっかりした考えをお持ちのとてもすばらしい監督さんです。私たちは女子野球界の中では少数派かもしれませんが、フェアプレー精神の輪が少しずつ広がっていくように、今後もがんばっていかなければいけないと思っています。

ダーティーな野球の象徴ともいえるのが、いまでもたびたび話題になるサイン盗みです。具体的には、二塁ランナーやランナーコーチャーがジェスチャーや声を使ってバッターに球種やコースを伝えるのですが、女子野球はまだあまり注目されていないぶん（テレビ放映などもないため）、やり方が本当に露骨です。私は「あ、やってんな」と確証が持てれば、すぐにタイムを取って球審に伝えに行くようにしていますし、選手たちにも「怪しいと思ったら審判に言いなさい」と教えています（女子野球は男子高校野球と違い、監督が審判に直接確認したり、抗議したりできます）。

先日も、とある公式戦で明らかに二塁ランナーがサイン盗みをしていたので、それを球審に伝えに行きました。うちの選手たちは、サイン盗み自体をよく理解できていない選手も多く、私がなぜ球審のところに行ったのかわかっていない選手もいました。あとでその理由を説明すると「ホンマ、ひどいなー」と口々に言っていましたが、たぶんサイン盗みをしている相手チームの選手たちも「監督に言われた通りのことをしているだけ」で、それがルール違反だとは理解していないのだと思います。子どもたちは、とても純粋です。だからこそ、私たち指導者は正しい野球を伝えていかなければならないのです。

学校の経営者側も「チームが強くなれば、学校のいい宣伝になる」と思っているのかもしれませんが、だからといって「何をしても勝てばいい」というわけではありません。女子野球は野球の質も、選手も、指導者も、審判も、すべてのレベルがまだ発展途上です。いまプレーをしている女子選手たちも、野球が楽しくなければ自分たちの子どもにも野球をやらせようとは思ってくれないでしょう。野球の競技人口を増やしていくためには、選手たちに「楽しかったな」と思ってもらうのが一番です。私たち指導者はそのことをよく理解して、そのためにはどうしたらいいのか、何をしていかなければならないのかを考えていくべきだと思っています。

女子野球界発展のために、私たち指導者はどうあるべきか?

第2章で詳しくお話ししますが、小学校時代は楽しんで野球をプレーして、中学では野球部がなくてソフトボールをやり、地元の強豪校に通った高校時代は、毎日壁当てで実戦経験を積めませんでした。

その頃、私は週末だけヤングリーグ(中学)のチームに参加して、試合などにも出してもらっていました。そのときの坂本一郎監督(現・履正社高校女子野球部外部コーチ)から「野球とはこういうものなんだ」と野球の基本、基礎をしっかり叩き込まれました。大学(仙台大)でも男子に交じって野球を続けましたが、4年間で「超根性野球」をみっちり教わりました。

いずれの時代も、私は「男子には負けられない」と全力で野球に取り組んできました。すべての時代から学んだことがたくさんあり、それが私の血となり、肉となっていまの野球に反映されていると思います。

いまは履正社で指導者をしていますが、私自身が「こういう野球をしたい」というよりも、その年ごとに選手たちやチーム全体の色合いを見て、その代の特徴や個性に合った野球をするようにしています。

2024年のチームは、ある程度の守備力がベースとしてあって、さらに打力と走力もあるので、当初は「打ち勝つ野球でいけるかな」と思っていました。しかし、春のセンバツでは準決勝の大事な試合で打てなかったので、夏に向けては走塁や機動力というオプションも加えて、チームに磨きをかけているところです。

履正社でやっている野球は、代によって毎年違います。私の指導方針としてひとつだけ変わらないものがあるとすれば、それは「その代のいいところを、どんどん伸ばしていく」「いまできることを全力でやる」ということです。また、私は「守備でリズムを作り、それを攻撃に生かす」「いい笑顔からいいプレー」という野球観が根底にあるので、そのような野球をしていきたいという考えは常に持っています。

そのほかには、先ほどもちょっと触れましたが、いまの選手たちが親となったときに、「子どもたちに正しい野球を伝えていける人になってほしい」という思いがあります。野球の楽しさや奥深さ、フェアプレーの精神、そういった知識や知恵、道徳観を得て履正社を卒業していってもらえるように、私は日々指導を続けています。

本書で「目標は日本一」と述べましたが、私はそれよりも正しい野球を次世代に伝えていきたい、という思いのほうが強いです。選手たちには野球がうまくなるよりも、チームワークや思いやり、人とのつながりの大切さを知って、コミュニケーション力を身につけてほしいと願っています。

実は女子野球には、ルールとしての「球数制限」が設けられていません。ほとんどのチームは、エースともうひとりの計算できるピッチャーを揃えて、そのふたりを軸にして大会を戦っています。でも、球数制限がないため、大会中ひとりのエースに何試合も投げさせるようなチームも見かけます。

私は、ひとりのピッチャーを酷使するようなことだけはしたくないので、毎年複数のピッチャーを揃えて各大会に臨むようにしています。近年は大会数も増えてきているので、計算できるピッチャーが最低でも3人は必要です。

2024年のチームは、春の時点ではエースで主将の堀明日香が軸でした。この先に待ち構える夏の選手権大会に向けて、堀に加えて右田愛《みぎたまなび》、西本夢生《めい》、岸野彩葉《いろは》、瀬日奈香《せひなか》らの中から頼りになるピッチャーや、計算できるピッチャーがどれだけ出てきてくれるか、私はとても楽しみにしています。目標である日本一になるためにも、その点が私たちの最重要課題だといえます。

履正社には、高校を卒業しても野球を続ける選手がたくさんいます。そんな未来ある選手たちを、高校でつぶすわけにはいきません。そのためにも、複数のピッチャーが必要だと私は考えているのです。2024年7月現在、女子野球に球数制限は設けられていませんが、私は基本的に「完投したピッチャーに連投はさせない」「球数はイニング、試合ごとに必ず確認」という自分の中での基準を設けています（2日間で4試合を戦って優勝を決める地方の大会などでは、やむをえず日をまたいで連投となるケースもありますが……）。

複数のピッチャーを必要としているので、野手で入ってきた選手にピッチャーをやらせてみることもあります。しかし、中学時代にピッチャーとしてある程度高いレベルで試合経験を積んでいないと、高校ではなかなか勝ち上がっていけないことも実感しています。

やはり大会の上位に進出するには、マウンドさばきやフィールディングなど、場数を踏んでいるピッチャーがいないと難しい部分があります。高いレベルの野球では、ひとつのバント処理で負けることもあります。女子高校野球も高いレベルになると、ポテンシャルだけでは通用しないように近年はなってきているのです。

「球数制限があったら、うちのようなチームは勝てない」と言う指導者もたくさんいます。確かに、部員数の少ないチームの監督さんは、ピッチャーのやりくりだけでも大変なことでしょう。でも、そこを何とか工夫していかなければ、女子野球界の発展はないと断言できます。選手たちを守れるのは、私たち指導者だけなのですから。

第2章

野球と私

日本の野球と海外の野球は、こんなにも違う！

野球との出会い

私の出身は兵庫県の三木市です。家族は両親（父・好正《よしまさ》　母・恵美子）、3歳上の姉・佳奈、5歳下の弟・憲人《のりと》の5人。父は市役所に勤める公務員で、とても厳格な人でした。いまでこそ、父とは普通に話せるようになりましたが、子どもの頃は父に軽々しく話しかけることなどできませんでした。父に「新聞取ってきて」と頼まれて「いや」などと言おうものなら、首根っこをつかまれて家から放り出されました。我が家ではこのように、素直に行動できず調子に乗った態度を取ると、家から放り出されるシステムになっていました。

父から何度も放り出されているうちに、私にも悪知恵が働くようになります。家の外のとある隠し場所に、私は靴と100円玉を常備しておくようになりました。そして、父に放り出されたら「これ幸い」とばかりに、100円玉を握りしめて近所の駄菓子屋さんに直行。しかし「あいつ今日は泣きもせず、謝りもせずに出ていきよったな」と父に1回でバレてしまい、当然のことながらものすごく怒られました。弟も何回かあったようですが、家から追い出された際に裸足で本屋に行って本を読んでいたら、それ以降追い出されなくなったそうです（笑）。

姉が小学3年生の頃「野球かサッカーがしたい」と言い始めたため、両親は新聞の広告で見かけた地域の学童女子野球チーム・西神戸パワーズに姉を入部させました。当時は子どもの数が多かったこともあって、神戸市にはパワーズのような女子チームが5チームもありました。神戸市と三木市は隣接していて、なおかつパワーズの練習場所は三木市にあったので、両親も「ここなら通える」とパワーズを選んだようです。

姉がパワーズに入部すると、幼稚園児だった私は姉にくっついて一緒に練習に行くようになりました。私は野球に興味があったから、ついていったわけではありません。グラウンドに行くといつもお菓子をもらえるので、それを目当てに通っていたのです。

小学校に上がる前からパワーズに通っていたため、チームのお姉さんたちや保護者の方々にもとてもかわいがっていただきました。当然、野球にも興味が湧いてきて、小学校に入学してしばらくすると、私は自然な流れでパワーズに入部することになりました。

「これからも毎週お菓子がもらえる！」と嬉々としてパワーズに通い始めた私ですが、残念なことに入部してすぐ、そのお菓子配布制度がなくなってしまいました。野球にも少し興味はありましたが、野球が好きというよりお菓子が好きで入ったのに、そのお菓子配布制度がなくなってしまった……。しかし、厳しい父に「お菓子がもらえなくなったから、パワーズを辞める」などと言えるわけもなく、私はパワーズで野球を続けました。

私がパワーズに入部したときの部員数は、たしか20人くらいだったと

西の強豪として知られた西神戸パワーズに入部後、小学校低学年の頃の著者

思います。1年生から6年生まで、みんな一緒に練習をしていました。

最初に試合に出たのは、2年生のときです。試合の途中で監督から「恵、ライトに行ってこい」と言われて、ライトの守備につきました。ルールもよくわかっていない私に監督は「ボールを捕ったら、手を挙げている内野手に投げろ」と言いました。守備機会があったのか、打席に立ったのか、記憶は定かではありませんが、ライトの守備位置から見たグラウンドの光景だけはいまでも鮮明に覚えています。

西神戸パワーズで全国大会に3年連続出場
――やさしかったおじいちゃんとの思い出

小学4年生になると、私は上級生たちに交じってレギュラーになりました。ポジションはセカンドでした。パワーズは「西の強豪」として、全国的にも知られた存在でした。私が4・5年生のときには、パワーズは全国大会である「全日本女子軟式野球選手権大会小学生の部」で、2年連続準優勝を果たしています。

最上級生となって、私はキャプテンに任命されました。ポジションはキャッチャーがメインでしたが、ショートやピッチャーをやることもありました。全国大会にも3年連続で出場を決めることができて「今度こそ、日本一」と私は確信していました。ところがその全国大会で、私たちはまさかの1回戦負けを喫することに……。

「あんなに練習も自主練もがんばったのに、なんで……」

このとき私は、人生で初めての挫折を味わいました。

当時の私は日本一を目指して、家でも毎日自主練をしていました。自主練のメニューは壁当てと素振りです。その頃、父は野

小学4年生で、上級生たちに交じってセカンドのレギュラーに。
2列目一番左が著者

球を始めたばかりの弟（小学1年生）のほうに期待があったせいか、私の相手はあまりしてくれませんでした。「なんで弟ばっかり……」といつも思っていましたが、それを口に出すと大変なことになるので、私はただ毎日黙々とひとりで自主練を続けていました。

素振りは、家の和室でするのが大好きでした。なぜ部屋の中でやっていたのかというと、バットを振ったときに「ブンッ！」といい音が響き渡るのが気持ちよかったからです。すると、小1の弟も私につられて和室で素振りをするようになりました。

ある日のこと、和室で素振りをしていた弟は、誤ってバットをテーブルの天板ガラ

西武ライオンズの熱烈なファンだった
父が買ってくれた帽子を被る著者と弟

スに当てて割ってしまいました。割れた天板ガラスを見た両親からは「恵が和室で素振りするからあかんのや」と言われて「いやいや、真似したのは憲人やし（心の中の声）」と、私の不満はたまる一方でした。弟は玄関でバットを放り投げたり、私の真似で壁当てをしていて窓ガラスを割ったりしたこともあります。そして、弟が事件を起こすたびに、なぜか私が怒られていた記憶です。きっと姉も、私の事件のたびに怒られていたのかと思うと、いまでは申し訳なく思います（笑）。

当時の私は野球のユニフォームはもちろん、野球の道具（バットやグローブ）もほぼ姉のお下がりで、新しいものを買ってもらった記憶がありません。それが普通だと思っていました。でも、いま思い返せば、よくあのような境遇でグレなかったものだ、と我ながら感心します。

パワーズの練習場所には、電車も使って自宅から1時間半くらいかけていつも通っていました。練習場所の最寄り駅の近くに母方の祖父母（祖父・前田忠夫　祖母・前田美佐子）が住んでいて、よくおじいちゃんが私の行き帰りに付き合ってくれていました。駅から1時間かけてグラウンドまでおしゃべりしながら歩き、練習が終わっておじいちゃんが買ってくれた缶のコーンスープを手に、駅まで1時間歩いて帰ったのはとてもいい思い出です。

おじいちゃんは、定年退職した年に生まれた私のことをとてもかわいがってくれました。でも、ただ単にやさしいだけではなく、いけないことをすれば本気で怒ってくれることもありました。私がグレずに済んだのは、そんなおじいちゃんの存在があったからかもしれません。いま思えば、おじいちゃんが私の野球に一番おこづかいを投資してくれていました。

ちなみに、おばあちゃんは「女の子が日焼けして真っ黒になって、野球なんかして……」と、当時は野球をすることをあまりよくは思っていませんでした。おじいちゃんは私が20歳のときに亡くなりましたが、

駅から練習場所まで片道徒歩1時間の道のりを付き合うなど、一番の理解者でやさしかった祖父と

おばあちゃんはまだ元気です。そんなおばあちゃんは昔と違い、いまでは私の野球をとても応援してくれています（おばあちゃんのことに関しては、第3章でお話しします）。

野球漬けの小学6年生のときに起きた「阪神・淡路大震災」

パワーズに入って野球が大好きになった私は、先ほどもお話ししたように自主練を毎日していました。とくに壁当てが好きで、狂ったように「捕っては投げ、捕っては投げ」を繰り返していました。

放課後、クラスメイトの男子と一緒に野球をして遊ぶこともありましたが、毎日の特訓の成果でしょうか、プレーの質で男子に劣っていると感じたことは一度もありませんでした。だから、その頃は「将来はプロ野球選手になる」と本気で思っていました。

ちなみに、私が6年生のときに神戸市内の女子チームは2チームに減り、私が卒業した後はパワーズの1チームだけになりました。そしていまでは、私が在籍したパワーズも残念ながらもうありません。

そんな野球漬けの毎日を過ごしていた小学6年生のとき、忘れもしない「阪神・淡路大震災」が1995年1月17日の早朝に起こりました。父が勤めていた市役所は、地震によってつぶれてしまいました。もし、あの地震が日中に起こっていたら、父は死んでいたかもしれません。

震災後、父は市役所の仕事で忙しくて、ほとんど家にいませんでした。三木市の自宅の被害は、壁に亀裂が入るくらいで済みましたが、すぐそばの神戸市の被災状況は三木市とはまったく違いました。神戸の惨状をテレビで見て、愕然としたのを覚えています。

三木市内は軽度の被災で済んだため、私たちは震災当日から学校に通うことができました。そして震災から数日経つと、毎日のように転校生がやってくるようになりました。神戸市内で被害を受けた子たちです。「どこどこから来た」と聞けば、私たちもどの程度の被害かわかります。先生は詳しく説明しませんでしたが、転校生たちの中には家族や身の回りの人が亡くなっている子もいたと思います。私たち在校生は、震災のことには一切触れずに「ドッジボールしよう」などと遊びに誘ったりして、転校してきた子たちに対してそれぞれが子どもながらに気をつかって接していました。

日本がコロナ禍にあるときにもよく言われたことですが「当たり前の日常は、実は当たり前ではない」ことを私たちは忘れてはいけないと思います。私たちがいま、こうして野球ができているのも、平和だからできていることです。当たり前の日常に感謝して、毎日を一生懸命に生きる。「阪神・淡路大震災」を経験した私は、それを選手たちに語り継いでいかなければならないと思っています。

中学ではソフトボール部に
――ソフトボールは野球とは似て非なるスポーツ

小学校の卒業を控えて、私は地元の軟式野球の強豪クラブ（全国大会にもよく出場していました）に入りたいと考えていました。しかし、パワーズの竹井誠監督と母にそのことを話すと「ダメダメ」とあっけなく却下……。そのチームは強かったのですが、活動場所が神戸市の中心部ということもあり、私がグレてしまうんじゃないかと考えたんだと思います。

目当てのクラブチームが選択肢から除外されてしまったので、私はしょうがなく姉もプレーしていた三木市立自由が丘中学のソフトボール部に入部することにしました。姉とは3つ違いなので、私の入学とともに姉は中学を卒業していました。当然、制服もユニフォームもすべて姉のお下がりです。

実は小学生の頃から、ソフトボールにはなじみがありました。近所のママさんソフトボール大会が定期的に行われていて、ホームラン賞が洗剤でした。私はちょくちょく参加してはホームランを打ち、そのたびに洗剤をもらって母を喜ばせていました。

私と一緒にソフトボール部に入部した1年生は、10人ほどいました。部全体での部員数は、20人をちょっと超えるくらいだったと思います。いまから約30年前の部活動、しかもうちの中学は地域でも有名なヤンチャ系でしたから、部には当たり前のように理不尽な上下関係があって「1年生はスパイクを履けない」を筆頭に、わけのわからないソフトボール部だけのルールがたくさんありました。

ソフトボール部だけではなく、学校にも理不尽極まりない決まりがあったのを思い出しました。それは、学年集会でひとり遅れてきたら全員でスクワット100回、ふたり遅れてきたら200回と、遅刻者ひとりにつき100回ずつスクワットが追加される、わけのわからない決まりです。いまの時代ではありえませんが、当時はこのような意味不明な「連帯責任」が横行していました。でもその頃は、世の中こういうものなんだと普通に思っていました。

ソフトボール部に話を戻します。実力的にいえば、下級生の私たちは先輩たちよりも勝っていたかもしれません。でも、そんな理不尽な上下関係があったので、1年生の最初の頃は下級生が試合に出ることはありませんでした。

夏の大会で3年生が引退すると、新チームになります。私は1年生の秋にショートのレギュラーになりました。2年生の秋、私たちが最上級生になると、私はキャプテンに任命されました。

3年生最後の夏の大会では、私はケガをした正捕手に代わって、キャッチャーをやることになりました。そして、私たちは地区大会で優勝を果たして県大会に出場。県大会では勝ち上がれませんでしたが、最後に納得のいく結果を残すことができました。

ところで、ソフトボールと野球とでは、スピード感がまったく違います。投本間、塁間など、あらゆる距離が短いソフトボールのほうが、圧倒的にスピード感があるのです。

野球にはないスピード感に面白味を感じて「このままソフトボールで生きていこう」と

思ったこともありました。でも、やはり「野球をしたい」という思いが、私の心の奥底にはずっと残っていました。プレーの技術、戦術、采配などの面から見ても、私には野球のほうが合っていると感じていたのです。野球への未練から、ソフトボール部の練習のないときには、たまに野球部の練習に混ぜてもらったりもしていました。

投手の癖を盗んでの盗塁、打撃での駆け引き等、プレー中に生まれる「間」を生かしながら、体は小さくても頭を使って相手に挑んでいくのが楽しかったですし、あとは打球に飛距離が出ること、投げる距離が長くなることによる難しさも私にとっては面白かったのだと思います。

高校では硬式野球部に入部
――しかし入学後、女子は入部できないと言われて……

高校進学に当たって、私は県内のソフトボールの強豪（私立の女子校）から声をかけてもらっていました。でも、野球がやりたいという思いもありましたし「私立の部活は練習が厳しくて、ケガしたら学校を辞めないといけない」「女子校の先輩は怖い」などと私は勝手なイメージを抱いていたため、恐れをなしてその強豪校に行くことはありませんでした。

女子野球界で何かと〝初〟のつくことをしてきた私なので、まわりの人たちは私のことを「勇敢な女性＝開拓者」というようなイメージで見ているかもしれません。でも、私は道なき道を切り拓いて進んでいくパイオニア的な人間などではなくて、変なところですごい〝ビビり〟なんです。小・中学校ではキャプテンも務めましたが、決してリーダーシップを発揮してみんなを引っ張るようなタイプではありませんでした。

公立で行ける高校は、学区で決まっていました。私は、学区内で一番野球の強かった小野高校を第一志望に選びました。ちなみに小野高の2学年上には、高校卒業後に慶應義塾大学で4番も打ち、のちにアナウンサーになった田中大貴さんや、同級生にはのちに侍ジャパン女子代表で一緒に戦った猪坂《いさか》彰宏君（3年時キャプテン）、2学年下には阪神タイガースの清水誉《たかし》君らがいました。

当時、小野高野球部の監督は森脇忠之さん（元・オリックス・バファローズ監督の森脇浩司さんの兄）でした。小野高には姉が通っていたので（姉はバスケットボール部でした）「森脇先生に野球を教わりたい。だから、森脇先生に女子でも野球部に入れるかどうか聞いてみて」と姉にお願いしました。

姉が森脇先生に聞いてみたところ、返事は「ＯＫ」でした。しかも「これからは女子も、どんどん野球をやる時代やと思う」と森脇先生は言ってくれたそうです。小野高は進学校だったため、私は猛烈に勉強して合格を果たしました。

ところが、入学して驚愕の事実が判明します。なんと森脇先生が社《やしろ》高校に異動してしまっていたのです。学校側に「野球部に入りたい」と伝えると「それは無理だからソフトボール部に入ってください」とつれない返事。実は、私は私立の滝川第二にも受かっていました。小野高の野球部に入れないと知って「だったら滝二に行けばよかった。人生間違った……」と希望に満ちあふれた高校生活が、一転お先真っ暗な状況になってしまったのです。

男子に交じって、一緒に丸刈りに！
――野球を続けようと思ったきっかけに出会う

なかなか野球部に入れないで困っていたところ、パワーズの竹井誠監督のお知り合いつながりで、中学硬式野球（ヤングリーグ）の強豪・神戸ドラゴンズ出身の関川智久さんが私に野球を教えてくれることになりました。公園でマンツーマンの指導をしてもらいながら、高校でプレーできる日を夢見て私はがむしゃらに自分自身を鍛え始めました。

その後、関川さんのご紹介とご協力もあり、神戸ドラゴンズの坂本一郎監督が自宅に訪れて「一緒に野球をやろう」と誘ってくれました（神戸ドラゴンズに関しては次項で詳しくお話しします）。奈落の底に突き落とされていた私に手を差し伸べてくれる人が現れて、私はとてもうれしかったのを覚えています。そしてそれ以降、週末は神戸ドラゴンズで野球をするようになりました。

入学後、1か月くらい経って高校からも許可が出て、橋本智稔《ちとし》監督のもと私は野球部の練習生として活動に参加できることになりました。でも、ノックやフリーバッティングは危ないからと言われるなど、いろいろな約束事があったので、私のメインの練習は「壁当て」と「トレーニング」と「ラン」でした。

いま思えば、前例のない女子選手の受け入れに、橋本監督も大変ご苦悩があったと思います。そのような中でも野球部に入れてもらえて感謝でしたし、最近では小野高野球部に女子マネージャーも入ったようです。橋本監督は、私たち履正社の試合の応援に来てくれたこともあります。いまも私のことを変わらず温かく見守ってくださり、ありがたい限りです。

壁当てでは、校庭にあったコンクリート製の水道の裏側の壁にボールを当てて、ひとりでいつも練習していました。ただ投げて当てているだけではつまらないので、ショーバンで当ててみたり、左右の斜めから当ててゴロ捕球の練習をしたり、ピッチングをしてみたりと、日ごとにバリエーションも増えていきました。たったひとりで壁当てをして、右に左に走り回っているのですから、まわりの生徒たちはみんな「変わった子やなぁ」と思っていたことでしょう。

夏の大会前に、うちの野球部は選手全員が丸刈りの長さを五厘にして、気合いを入れるのが恒例となっていました。

「私も野球部の一員として何かしなければ」

とはいえ、いきなりの五厘刈りには抵抗があったものの、12ミリの丸刈りならできるような気がしました。でも、床屋さんに行く勇気が湧いてきません。「だったらバリカンを買って、家で坊主にしよう」と私は思い立って、それを実行することにしました。

自宅で鏡を見ながらバリカンで12ミリの坊主頭にして、姉の部屋に行って「どう?」と見せると、姉は驚きながらも大爆笑（その直後に引きまくっていました）。ところが、母は姉のようにはいきませんでした。母は坊主頭の私を見て「こんな子に育てた覚えはない！」と怒り泣きです。しかし、私も一歩も引かずに「だったら家を出ていく」と人生初の家出をしました（神戸の友だちの家に）。

夏の大会が終わり、夏休みになっても私の練習内容は変わりません。来る日も来る日も壁当てばかり。「やっぱり野球を辞めようかな……」とくじけそうになっていたとき、母から「新聞を見たら？」と声をかけられました。そう言われて手に取った朝日新聞の夕刊には「野球少女の夢　米であす開く」という見出しで記事が載っていました。読むと、鈴木慶子さん、山元保美さんというふたりの日本人選手が、その女子プロ野球に挑戦すると書いてありました。

「アメリカなら、女子でもプロになれるんだ……！」

私の目の前が、一気に明るくなった気がしました。このとき、私はがんばって野球を続けて、自分もアメリカに行ってプロ野球選手になろうと決意したのです。

1998年(平成10年)7月8日　水曜日　40356号
朝日新聞　夕刊

野球少女の夢　米であす開く

女子プロ・リーグに日本から2人

「ワールドシリーズ」も

リオネット　補聴器

NAKANO School of Business

「野球を辞めようか」とくじけそうになっていたときに目にした、鈴木慶子さんと山元保美さんがアメリカ女子プロ野球に挑戦すると書かれた記事

神戸ドラゴンズでの思い出
――一緒にプレーしたふたりのプロ野球選手

私の高校時代は平日が小野高の野球部、週末の土日は神戸ドラゴンズの練習に参加というスケジュールでした。神戸ドラゴンズは、ヤングリーグの強豪として知られていました。高校では試合に出ることはできませんでしたが、神戸ドラゴンズではたまに練習試合にも出させてもらっていました。

神戸ドラゴンズでは、高校よりも野球らしい野球をやらせてもらったと思います。でも、ランメニューなどのトレーニングも、神戸ドラゴンズは本格的できついものばかりでした。先ほどもお話ししたように、坂本監督から「一緒に野球をやろう」と言われて体験に行ったら、いきなり10キロも走らされたのはいまではいい思い出です。苦しかった高校時代に、まともに野球をやらせてくれた神戸ドラゴンズと坂本監督には、感謝しかありません。でも、もう一度あの頃に戻りたいとは絶対に思いません。それくらい、神戸ドラゴンズの練習は本当にしんどかったのです。

1・2・3年生、それぞれで試合があるときは、スコアラーの人数が足りなくなって、私がスコアラーを務めることもありました。この頃にスコアの書き方を覚えることができたのは、のちの私の野球人生にも大いに役立ちました。スコアの書き方は、足立逸夫《いつお》マネージャーが丁寧に教えてくださいました。

いま思えば、練習試合などにも結構出させてもらっていたので、当時の坂本監督や足立マネージャーは、保護者たちからいろいろ文句を言われていたのではないかと思います（私が出場すれば、男子選手の出場機会が失われるからです）。でも、坂本監督たちはそんなことを少しも感じさせず、私を試合に出し続けてくれました。

坂本監督は、私の野球人生の中でも一番の恩師といっていい存在です。坂本監督には野球のイロハを教えていただき、きつい練習に耐える根性も身につけさせていただきました。実はいま、坂本監督には履正社の臨時コーチとして、週に1度ピッチャーをメインに指導していただいています。いまでは私が現役当時の怖い監督の面影はまったくなく、女子選手たちにもやさしいコーチとして親しまれています。

当時の神戸ドラゴンズには、1学年下の中学3年生に栗山巧君（埼玉西武ライオンズ）、

2学年下の中学2年生に坂口智隆君（元・東京ヤクルトスワローズ）がいました。

栗山君の打撃練習中、セカンドを守っていた私のところに打球が飛んできて「速っ！」とびっくりしたのをよく覚えています。彼は、ロングティーでも柵越えを連発していました。坂口君も強肩好打の選手でしたが、とくに柔らかいバッティングが印象的でした。

栗山君、坂口君ともに私を女扱いせず、野球をする仲間、チームメイトとして接してくれました。やはりプロ野球は、人格的にも優れた人が選ばれていくところなのだと思います。坂口君とは縁あってYouTubeのチャンネルで共演もしているので、興味のある方はぜひご覧になってください。

高校の「学年通信」に載った父の手記に流した涙

高校2年生の夏休みに、私はパワーズで一緒にプレーしていた新田まりえさん（当時・神村学園在学中）にお願いして、当時日本初の女子硬式野球部があった鹿児島の神村学園へ見学に行きました。それまでずっと男子たちと野球をしていたので、同世代の女子の中でどれだけ自分ができるのかを試してみたくなったのです。もし神村学園で「ヤバい、自分めちゃくちゃヘタクソやん」と感じたら、野球を辞める覚悟でした。

そして実際に参加してみて、練習は普通についていけましたし「野球が楽しい」と純粋に思えました。つらい境遇の小野高に残るか、楽しく野球ができる神村学園に移るか。私は悩みました。後で父から聞いた話では、父はこのとき「神村学園に転校したい」と私が言うと思っていたそうです。でも、私は葛藤を続ける中で「神村に行くのは、つらい現実から逃げているだけではないのか？」と思うようになりました。そして、過酷ないまの状況の中で、一生懸命に練習に取り組むことが自分の成長につながると考えて、私は自分の判断で小野高に残る選択をしました。

いまでも、当時一緒に野球をさせてもらった神村学園の選手たちとは、よき友達として交流させてもらっています。また、当時から指揮を執られている橋本徳二《とくじ》監督とも毎年のように練習試合をさせていただいていて、当時からのご縁に本当に感謝しています。

高校では、その学年ごとに毎月「学年通信」が配布されていました。その学年通信には、保護者の手記によるコラムがレギュラー企画として掲載されていました。

ある月のコラムを読んでいて、私はそれが父の書いたものだと途中で気づき、涙があふれてきました。コラムの内容はこんな感じでした。

「私は野球が大好きで、高校でも野球部に入部しました。しかし、高校1年生のときに父が急死して、生計を立てるために野球を辞めて、バイトをしなくてはならないことになりました。私はこうして野球を断念しなければなりませんでしたが、娘は幸いにも大好きな野球を高校で続けられています。娘も男の子の世界の中でいろんなことがあると思いますが、私が高校野球を全うできなかったぶん、娘には最後までがんばって野球を続けてほしいです」

記名のイニシャルがＹＫ（橘田好正《きったよしまさ》）で父とわかりましたし、そもそも「娘は大好きな野球を」と書いてある時点で「橘田のおとんや」とみんなにもわかったと思います。あのコラムを読んだときには、いつも厳しいことしか言わない父のやさしい言葉に、じんときて涙が出てきました。いまこの瞬間もそうですが、あのときのことを思い出すだけで毎回目頭が熱くなってきます。

仙台六大学リーグで〝初〟の女子選手に

アメリカの女子プロ野球に希望を見出した私は、大学でも野球を続けることを決意しました。大学硬式野球は高校野球とは違って、女子でも試合に出場できます。父は「国公立の大学だったら日本全国どこに行ってもいい」と言ってくれていたので、私は国立唯一の体育大学である鹿屋体育大を第一志望に選びました。

当時、鹿屋体育大の実技試験には野球がなく、私はしょうがなくサッカーを選択しました。リフティングの練習を必死にして試験に臨みましたが、本番では歩いてリフティングすることを求められました。私は止まった状態でのリフティング練習しかしていなかったので、歩こうにもまったく歩けず結果は不合格。でも、鹿屋体育大は皇后杯にも出場するサッカーの強豪大学でしたから、素人の私は落ちて当たり前だったかもしれません。

結局、私は第二志望の仙台大に進学することになりました。合格した後、高校の先生が仙台大に「女子でも硬式野球部に入れるか？」と確認してくれました。すると、大学側からの返事はまさかの「ＮＯ」。高校入学時と同様の状況に追い込まれた私は落ち込み、どうしようか悩みました。でも、この頃の私は「将来はトレーナーになりたい！」と考えて進学していたこともあって「もし大学で野球ができないなら、トレーナーになる勉強を全力ですればいい」と考えたりもしました。

ところが、とある人物と知り合ったことから事態が動き始めます。受験が終わって、私は社にあるボート会館（現・やしろ会館）の食堂でアルバイトを始めました。このボート会館は宿泊施設、研修施設、スポーツ施設などが備わった複合施設で、いろいろな大学や高校の部活動の合宿所としても使われていました。

合宿で施設を利用していた大阪体育大水泳部の監督だった滝瀬定文先生から、食堂に対して「部員に提供するごはんを、どんぶり山盛りにして出してほしい」とリクエストがありました。すべてのごはんを山盛りにして提供すると、滝瀬先生から「君はごはんの盛り方がいい」と褒められて、その流れで「君はどこの大学に行くんだ？」と聞かれました。

私が「実は仙台大で野球をしたいのですが、学校側からダメだと言われたんです」と話をすると、滝瀬先生は「仙台大野球部の宮西智久監督は私の教え子だよ」と言います。そして「だったら、これを持って野球部の監督に会いに行きなさい」と、1枚の名刺を私にくれました。それは滝瀬先生の名刺でしたが、名刺の表に「橋田をよろしく！」と大きな字で記してありました。この奇跡的なご縁がきっかけとなり、私は大学野球部への入部が許可されて、仙台六大学リーグで最初の女子選手となることができたのです（私が入学したタイミングでは、野球部の指揮官は宮西監督から奥野実監督に交代していましたが、宮西前監督が野球部部長の向井正剛《まさかた》先生にお願いしてくださり、私は晴れて入部することができました）。

大学では公式戦に出場
――日本女子代表のトライアウトにも参加

仙台大硬式野球部は仙台六大学野球連盟に所属していて、近年では熊原健人《けんと》（元・横浜DeNAベイスターズ）、馬場皐輔《こうすけ》（読売ジャイアンツ）、大関友久（福岡ソフトバンクホークス）、佐野如一《ゆきかず》（元・オリックス・バファローズ）、宇田川優希（オリックス・バファローズ）、川村友斗（福岡ソフトバンクホークス）、辻本倫太郎（中日ドラゴンズ）など数多くのプロ野球選手を輩出しています。

野球部に入部すると、すべての練習を男子と同じようにやることができました。ひとりで壁当てばかりしていた高校時代を思えば、大学野球部は私にとって天国でした。ただ、練習内容はとてもきつく、入部間もなくして30～40人いた新入生の半分くらいは辞めていきました。でも、私はどんなにきつい練習も「みんなと一緒に練習できるなんて最高や」とまったく苦になりませんでした（神戸ドラゴンズと小野高で鍛えられたおかげで、きつい練習への耐性がついていたのだと思います）。

この頃、明治大の小林千紘《ちひろ》さん（1学年上）と東京大の竹本恵さん（2学年上）が、東京六大学野球の公式戦に女子選手として出場したことが大きな話題になりました。私はふたりの先輩たちに続いて、2001年8月24日、仙台六大学リーグ秋季新人戦の1回戦（対宮城教育大）に「9番・セカンド」で先発出場しました。

東京六大学の先輩は、ふたりともにピッチャーだったので「〝野手〟としては大学野球史上初の女子選手」としてマスコミにもずいぶんと取り上げてもらいました（でも、後で知ったのですが、南九州大の後藤優子選手は私よりも先に〝野手〟として出場されていますから、私の場合、正しくは「仙台六大学リーグ〝初〟の女子選手として公式戦に出場」となります）。

試合では2回打席が回ってきて、第1打席がライト前ヒット、第2打席が送りバントでした。大学在学中、私の公式戦出場はこの1試合のみだったので、私の大学時代の記録は「打率10割」です。ヒットを打って一塁に行くと、コーチャーをしていた同級生の遠藤信也君が「橋田、おめでとう！　ナイスバッティング！」と、ちょっと涙しながら喜んでくれていたのをいまでも覚えています。

私はその後も、2年生まで出場できる新人戦のチャンスにかけて練習していたのですが、2年時にはノック中のイレギュラーの当たり所が悪く右手親指を骨折して、大学生活での2試合目の出場は叶いませんでした。

私は高校から大学にかけて、女子日本代表のトライアウトを3回受けました。高校2年生のときは最終選考で落ちて、大学2年生のときも不合格でした。最後となった3年生のときには最終選考まで残りましたが、当時高校3年生だった片岡安祐美《あゆみ》さん（茨城ゴールデンゴールズ監督）とのセカンドシートノックの一騎打ちに破れて、日本代表には手が届きませんでした。

この最後のセレクションで不合格となった際、落胆していた私に対してコーチングスタッフの有村朋子さんが「残念だったね。でも君には力があるから、海外に行ったほうがいい」と言ってくれました。私自身、卒業後は海外に行こうと思っていたので、有村さんがかけてくれた言葉によって、その決意がさらに固まることになりました。

オーストラリアの女子野球世界大会と、アメリカでの24時間野球イベントに参加

大学時代、私は2年生のときにオーストラリアの女子野球大会、3年生のときにはアメリカの女子野球イベントに出場しました。

オーストラリアの大会では、オーストラリア野球連盟でお手伝いをされていた日本人のデニー・マルヤマ（日本名・丸山傳《つたえ》）さんと出会い、大学卒業後の相談をしてアメリカのイベント後にも相談に乗っていただきました。

ともにオープン参加でしたが、アメリカのイベントは世界の女子選手が24時間、試合を

続けるというチャリティーイベントでした。アメリカ人をメインに、世界中の女子野球選手が集まっていて、日本人も私を含めて数名参加していました。総勢60人ほどの女子選手たちが入れ替わり立ち替わり、24時間グラウンドでプレーを続けるのです。

24時間ぶっ続けの試合中、私は小さなメモ書きに「大学を卒業したら、海外で野球をしたい。何か情報があれば、このメールアドレスまでお願いします」と英語で記し、周囲にいる選手から指導者、スタッフまで、とにかくいろんな人に手当たり次第にメモを配って回りました。

イベントの主催者（アメリカ人のロブ・ノボトニー）と、主催者のガールフレンド（オーストラリア人で選手のケリー・マンジー）にもメモを渡しました。その後、このふたりは婚約してオーストラリアで野球を続けることになります。するとイベントの1年後（私は大学4年生）に、ふたりから「オーストラリアで一緒に野球をやらないか？」とメールが来ました。ロブとマルヤマさんが知り合いだったこともあり、これがきっかけとなって私はオーストラリアに渡って野球をすることになったのです。

元々は、大学を卒業してからオーストラリアに行こうと思っていました。でも、3年生までの時点で卒業に必要な単位は十分に取得していて、4年生になったときには教育実習および卒業論文さえ終われば、後期の授業は大学に通わなくても卒業できる見込みでした。そんな状況だったので、仙台大の先生方のご助言もあり、私は4年生の夏（2004年）にオーストラリアへ行くことを決めたのです。

当時、仙台でひとり暮らしをしていた私は、毎月親から仕送りをしてもらっていました。そこで私は考えました。大学には通わなくていいのだから、アパートを引き払って仕送りをそのままオーストラリアに送ってもらおうと。両親にそのことを説明してOKをもらい、私は8月末に単身オーストラリアに渡りました。渡航費は私のバイト代と、足りないぶんはおばあちゃんが協力してくれました。

オーストラリアで野球漬けの2シーズンを過ごす
——全豪大会で優勝&MVPに

オーストラリアに行くと、私にメールをくれた主催者のロブ、フィアンセのケリーが所属するクラブチームのミック監督の家に、ホームステイすることになりました。監督の家族は奥さん・アニー（チームのマネージャー）、長女・シモン（オーストラリア女子代表のピッチャー）、長男・スコット（オーストラリア代表、プロ野球メルボルンのエース）の4人で、まさに絵に描いたような野球一家です。当時のオーストラリアは、いまよりも女子野球がとても盛んでした。私は初の日本人女子選手として、女子リーグの強豪「スプリングベール・ライオンズ」で2シーズンプレーしました。

毎週末、女子野球のリーグ戦が行われていましたが、女子チームの試合だけでは実力が伸ばせないだろうと、ミック監督は自分が選手として参加している男子のリーグ戦にも私を出場させてくれました。試合のスケジュールは土曜が女子チーム、日曜が男子チームといった具合です。こんなにたくさんの試合を選手として経験したのは、生まれて初めてのことでした。

平日は1週間に2日ほど練習がありましたが、自由時間が多かったので空いた時間には、ホームステイ先の家の掃除や洗濯などをこなしました。ミック監督と奥さんのアニーは「家のことをしてくれているから家賃はいらないよ」と家賃も免除にしてくれました。仕送りだけで生活していた私にとって、これは本当に助かりましたし、ありがたかったです。日常生活に慣れ始めてからは、アルバイトなどにも挑戦し、2シーズン目には語学学校へも通うことにしました。

　大学を卒業した2005年のシーズンには、女子野球世界最高峰のレベルといわれた全豪大会にもビクトリア州代表として出場しました。当時「ポケット・ロケット（※小柄なすばしっこい選手という意）」というあだ名で呼ばれていた私は、全試合に1番・ショートとして出場しました。そして、私たちビクトリア州代表は見事に優勝を果たして、打率6割を記録した私は栄えあるMVPにも選ばれました。

　このとき一番うれしかったのは、MVPに選ばれたときにみんなが私

「ポケット・ロケット」というあだ名で呼ばれていた著者は、全試合に1番・ショートとして出場

を胴上げしてくれたことです。オーストラリアには胴上げという文化はないので、みんなが私のために気をつかってやってくれたのだと思います。「野球を辞めないでよかった」と心の底から思えてきたのと同時に「やっと結果が出た」と感じた私は、一旦帰国して東京で現役を続けて2度目のオーストラリアへ。そして2度目のオーストラリアの滞在時に引退を決意しました。

これは後日談ですが、私が2017年に女子日本代表の監督になる前に、オーストラリアでお世話になったミック監督の長女・シモンが、オ

全豪大会“初”の日本人女子選手として、ビクトリア州代表で出場して優勝＆MVPを受賞

ーストラリア女子代表チームの初の女性監督になりました。私が監督としてワールドカップに行ったとき、シモン率いるオーストラリアと対戦できたことは、私の野球人生の中でも大切な思い出のひとつです。

　試合にはミック監督と奥さんのアニーも来ていましたが、私は相手国の監督だったこともあって、現地では話ができなかったのですが、試合後に「私たちは日本の娘の活躍を誇りに思う。決勝もがんばってね！」と温かいメッセージをくれました。シモンも優勝後に激励を伝えに来てくれて、本当にうれしかったです。

オーストラリア時代にホームステイ先でお世話になったミック監督の長女・シモンが率いる、オーストラリア女子代表とワールドカップで対戦

オーストラリアで学んだこと

ビクトリア州代表のドミニク監督に初めて会ったとき、私は帽子を取って「Ｈｅｌｌｏ（ハロー）」と言いました。すると、監督から「帽子を取って頭を下げるのは、謝罪するときだけだ。君は悪いことをしたわけではないのだから、頭を下げなくていいんだよ」と言われました。

そこで次の日、勇気を振り絞って監督に「Ｈｉ！（ハイ！）」と挨拶したところ、今度は監督が泣き真似をしながら「君はサムライ・スピリッツを忘れてしまったのか？」と言ってきました。オーストラリアではこのような笑える話をした後に、とても真面目に野球の話をするのが常でした。でも不思議と、冗談話をした後の真面目な会話は私の中にすっと入ってきました。英語が完全にわかっていなくても、監督の話はなぜか理解できました。きっと、頭で考えるのではなく、心で会話していたからそうなったのだろうと思います。

指導者となってからはオーストラリアで経験したことを生かし、私も選手たちにくだらない話をよくするようにしています。緊張で心身がガチガチだと、言われたことを覚えていないことが多いので、まずは一旦選手の心をリラックスさせるのです。

オーストラリアでは、指導者と選手が自由に意見交換をしていました。采配や起用法に関して、選手が指導者に直接意見するシーンもよく見かけたものです。そこには、立場の違いや年齢差などもまったく存在していませんでした。

日本の野球は、指導者から言われたことは絶対であり「はい」と大きな声で返事をすることを求められます。その結果、選手は言われたことを理解していないのに「はい」、納得していないのに「はい」になりがちです。でも、このように自分の意見を持っていない選手は、社会人になったときに困ると思います。幼少期から大学まで、ずっと日本のど根性野球で育ってきた私にとって、オーストラリアでの2シーズンは新たな発見と気づきの連続でした。

オーストラリアで野球を始めた当初は「打てるボールを打つ」のではなく「甘いボールが来たら打つ」ことを徹底していました。その結果、フォアボールが増えて出塁率も上がるので、まわりの人たちも「グッド・アイ！」と喜んでくれていました。

しかし、私のフォアボールによる出塁が多くなるにつれて、コーチやまわりの選手たちから「野球を知ってるか？　野球は打って楽しむスポーツだよ」と言われるようになりました。そして「打てるボールは打て」と怒られました。私が「日本の野球は、フォアボールでもいいから出塁することが大切だと考えられている」と説明しても、オーストラリアの人たちは納得してくれませんでした。

オーストラリアでは、選球眼のよさはあまり評価されません。フォアボールを選ぶよりも、打って出塁するほうがいいと考えられています。

「打てる球は、ボール球でも全部振れ」

これが、オーストラリアの野球です。セーフティーバントや送りバントといった日本ではよく見かける戦術も、オーストラリアではあまり用いられません。

オーストラリアの人たちから見ると、日本の野球はつまらなく映るのでしょう。オーストラリアでは週末、家族ぐるみでみんなが野球を楽しんでいました。選手も、応援する人も、すべての人が心の底から野球を楽しんでいるのがよくわかりました。

野球の試合が終わった後の時間を、野球の反省だけで終わらせない。オンオフを大切にして、週末をしっかり楽しむ世界観というんでしょうか……。表現が難しいのですが、きっと私は日本で野球をしていただけだと、かなり堅物な真面目すぎる監督になっていたかもしれません。

近年の日本の野球は、ひと昔前に比べれば「野球を楽しむ」方向にだいぶ変わってきているように感じます。私は女子野球を通じて、オーストラリアで学んだことを日本の野球界に還元していくのもひとつの使命だと考えています。

日本に戻り、指導者の道へ
――大学院で指導を学び直す

私は帰国後、関東の女子硬式野球の強豪である花咲徳栄高校の教員になりました。花咲徳栄の濱本光治《みつける》監督が教員免許を持っている女性コーチを探していて、そこにいいタイミングで私が現れたというわけです（私が関東でプレーしていた際に、花咲徳栄とは練習試合を多くさせていただいていました）。本章で述べた大学入学前の滝瀬先生、オーストラリアで出会ったマルヤマさん、アメリカのイベント主催者のロブ・ノボトニーやそのフィアンセのケリー・マンジーとの出会いもそうですが、私の人生は行くところ、行くところでうまくすべてがつながっていきます。人の縁、出会いとは本当に不思議なものだと思いますし、私はそんな一期一会の大切さについて身をもって感じてきました。

「指導者になる」と帰国したものの、花咲徳栄で2年間コーチを務めて「自分は指導者には向いていない」と思うようになりました。それまでの私は「右方向に打ちなさい」「カーブを打ちなさい」と言えば、選手は打てるものだと思っていました。でも実際には、私が言っただけではうまく対応できない子がほとんどでした。

自分の野球人生を振り返れば、私は野球の技術的な問題はすべて自分の力で解決して生きてきました。右打ちも、カーブ打ちも、誰に教わるでもなく自分で試行錯誤して取り組んでいるうちに、自然にできるようになっていました。要するに、私の中の「野球理論」「指導論」といった引き出しは空っぽの状態で、できない子たちをできるようにさせる術《すべ》をこの頃の私はまだ持っていなかったのです。このままでは、指導者として失格です。「元々できる子に技術を伝えることはできても、初心者のような子に指導するのは私にはできない」

私はその事実を受け止めて、もう一度指導を一から学び直すことにしました。

2008年4月、私は鹿屋体育大学大学院の体育学研究科修士課程に進学しました。時期を同じくして、仙台大時代の恩師である奥野実さんが南九州短大の女子硬式野球部の監督になったので、私は選手兼コーチとしてお手伝いすることになりました。

大学院で勉強を続けながら、選手兼コーチで1年、次の1年は専属コーチとして、そして大学院を卒業した3年目（2010年）には恩師の後を受けて、人生初の監督をすることになりました。

大学院で学んだ2年間、そして南九州短大で4年間務めたコーチ・監督経験が、私の指導者としてのベースを作ってくれたように思います。大学院では、野球以外の競技者からも、野球につながるヒントをたくさんもらいました。

たとえば、野球用語は野球選手にしか伝わらないので、他競技の選手に野球のゴロ捕球の基本をコーチングするという経験をさせていただいたり、ミュンヘンオリンピック100m平泳ぎ・金メダリストの田口信教《のぶたか》先生の研究室にお邪魔しては、いろいろなお話をお聞きしたり、本をよくお借りしたりしていました。

修士論文では、女子野球選手の意識についての調査を行いましたが、とにかく研究に無知だった私に松下雅雄先生、故・図子《ずし》浩二先生、東《ひがし》博文先生、前田明先生たちが親身になってご指導してくださいました。

また、バレーボールのアメリカ代表で、バルセロナオリンピック銅メダリストのヨーコ・ゼッターランドさんとは同じ授業を受講させていただき、バレーボールの世界観も多く学ばせていただきました。

南九州短大の女子硬式野球部にはソフトボール出身者が多く、陸上や卓球出身の選手もいたので、野球の基本的なことを知らない初心者が少なくありませんでした。そのような素人同然の子たちにどう指導すればこちらの意図が伝わるのか。いろいろなアプローチを試す中で、私は指導者としての引き出しを少しずつ増やすことができたと思っています。

南九州短大で監督を2年務め、姉と弟が関東に拠点を置いていたこともあり「そろそろ私は地元の関西に戻ろう」と考えていたときに、履正社医療スポーツ専門学校に創部される女子野球チームの初代監督の話を、オーストラリアのマルヤマさんよりいただきました。そして私は、2012年に履正社レクトヴィーナスの監督に就任することになったのです。以降の流れは、第1章でお話しした通りです。

通訳をきっかけに、世界大会の運営に参加
――海外のチームに野球の原点を見る

先ほどお話しした大学院に入学した2008年、私はオーストラリアでプレーした経験や英語でのコミュニケーション能力の高さなどを買われて、愛媛県松山市で開催された「第3回女子野球ワールドカップ」の運営をお手伝いすることになりました。具体的には、マドンナスタジアムの運営と日本代表のベンチの通訳としての仕事がメインでした。

ここでの仕事ぶりがまさかの評価をされて、私は世界野球ソフトボール連盟（WBSC）の技術委員（TC／テクニカル・コミッショナー）に推薦していただくことになりました。そして、翌2009年のU16世界野球選手権大会で、初めてTCとして運営に携わりました。TCは、主催者と審判、各チームの間を取り持ち、スムースな大会運営のために働きます。大会期間中は、時間やグラウンドの管理をはじめ、審判や各チームがルールを順守しているかもチェックしていました。

それまで、日本には女性のTCはいませんでした。私はその後、U12やU18などの国際大会で計5回TCを務め、2016年9月に韓国で行われた「第7回女子野球ワールドカップ」ではTCたちを束ねる最高責任者（TD／テクニカル・ディレクター）に就任しました（アジア人女性初のTD）。

初めてのTDは、目が回るほどの忙しさでした。でも、国際大会の舞台裏に精通できたのは、野球人としても、チームを率いる監督としても、とても大きな財産となっています。2017年以降は日本代表の監督を務めたことなどもあり、TDの仕事はしていません（2022年から再びTCとしてU23、女子ワールドカップ予選などに参加）。

TC、TDを経験して、そこから学んだことは数えきれないほどたくさんあります。U12からプロまで、いろいろな年代やカテゴリーの野球、さらには世界の野球に触れることができました。

ウォーミングアップの仕方から試合に取り組む姿勢、試合後の勝ち負けによるベンチの雰囲気まで、国によってまったく違います。ベンチ内での過ごし方や選手間のコミュニケーションなどにも、その国の特色や個性が表れていました。

みなさんご存じのように、キューバは貧しい国です。グローブも全員が持っているわけではないので、ピッチャー交代のときには交代するピッチャーが手ぶらでマウンドにやってきて、そこで前のピッチャーからボールと一緒にグローブを受け取っていました。

日本代表のチームは、どのカテゴリーでもグラウンドに入ったら秩序立った動きで、時間の使い方にも無駄がありません。しかし、ラテン系の国を中心に、海外のチームはとにかく自由です。音楽をかけて楽しそうにアップやキャッチボールをしたり、ベンチの中で踊っていたり。とくに女子代表チームにはその傾向が顕著でしたが、私は自由かつ楽しそうに振る舞う海外のチームを見て「野球って楽しんでやるもんなんやなー」と、野球の原点を見た思いでした。

いま、履正社では普段の練習から「明るく、楽しく」をモットーにやっています。ときには、羽目を外しすぎではないかと思うほど、みんなで「キャッキャ」言いながらの練習。日々そんな感じなので、取材に訪れたマスコミの方や見学に来られた方から「みんな本当に楽しそうに練習していますね」とよく言われます。私が現役の頃とはまったく異なる練習風景ですが、オーストラリアでの現役時代、そして国際大会に携わったTC時代に見た野球の原点を思い出しながら、これからも「野球を楽しむ」ことを第一義に取り組んでいきたいと思っています。

第3章

「女子だからできない」ということはひとつもない

女子野球指導論

選手たちに厳しく接した創部1年目

履正社レクトヴィーナスが日本一になった翌年の2014年、履正社高校にも女子硬式野球部が誕生しました。創部1年目の部員は5人です。「ほんまにこれでやっていけるんやろうか？」と不安ばかりの船出でした。

最初に入ってきてくれた5人（キャプテン・後楓香《うしろふうか》、岩崎雅子、濱李子《はまりこ》、國場紗智《くにばさち》、横井千晃《ちあき》）は、グラウンドを全面使って練習できるのは男子野球部が休みの月曜、週1回だけという状況も承知のうえで入部してきてくれました。この1期生たちがどのような言葉を発するかで、次の代の子たちが入ってきてくれるかどうかが決まります。1期生に「履正社に来てよかった」と思ってもらうために、私は監督として何をすべきか？　選手たちとどう接していけばいいのか？　創部1年目はそれを常に考えていました。

選手たちとの接し方を考えていく中で、女子野球部を魅力的な場所にしていくためには

「1期生の子たちはいいよね」とまわりから言ってもらえるようにしなければならないと思いました。

そのためには、私が選手たちにやさしく接して「1期生はいいよね」と言ってもらうよりも、あえて厳しく接して「あの子たち、厳しい環境だけど、がんばってよくやっているよね」と言ってもらうほうがいいのではないかと私は考えました。

「1期生がうまくいかなかったら、高校女子野球部はすぐに終わってしまう」

創部1年目の私は、そのようなプレッシャーをいつも感じていました。だから1期生たちに対しても、とても厳しく接していたように思います。

履正社の男子野球部は月曜がオフだったので、レクトヴィーナスはその空いた日にグラウンドを使って練習していました。高校の5人はレクトヴィーナスに交じって月曜はグラウンドで練習をして、火曜はオフ。水曜から土曜は授業の後、人工芝の校庭などで練習をしていましたが、そこは中学の野球部と併用で使っていたので日によっては内野程度の広さしかなく、短い距離のノックやティーバッティング、ピッチングなどくらいしかできませんでした。

日曜はレクトヴィーナスに合流して、練習試合や公式戦に参加しました。選手たちは、試合のできる日曜を心待ちにしているようでした。目を輝かせて打球を追う選手たちの表情を見て「高校女子野球部を絶対に成功させなければ！」と決意を新たにするとともに、私自身が指導者として、もっともっとスキルアップしていかなければならないと強く感じました。

指導は「感情的になったら負け」

高校女子野球部の創部2年目に、8人の選手が入部してきてくれました。その2期生たちが3年生となった2017年、私たちは創部4年目にしてセンバツ（第18回全国高校女子硬式野球選抜大会）の決勝で前年の覇者である埼玉栄を1－0で破り、初優勝を果たしました。そのときのキャプテンだった吉井温愛は、私にいろんなことを教えてくれた選手でした。

吉井は福岡出身で、ポジションはショートでした。守備がうまく、九州女子野球の古豪である神村学園からも誘いがあったようですが、彼女は履正社を選んでくれました。

吉井が2期生として入学してきて、3日目か4日目くらいのことです。私たちは人工芝の校庭で、エラーをしたら罰走つきのノックをしていました。その最中、エラーした吉井が、グローブを放り投げて走っていきました。この態度が、私には彼女がふてくされているように見えました。

「親に買ってもらった大切なグローブを、そんな雑に扱ってええんか？」と私は吉井に言いました。すると彼女は「ダメだと思いまーす」と、まったく反省していない感じの軽い言葉を返してきました。ここで、私の怒りに火が点いてしまいました。

私が「ちょっと来い！」と声を張り上げると、吉井もまずいと思ったのか急に真顔になりました。そして、私は目の前に来た彼女に「大阪に来たの、間違いやったと思てるやろ！」と怒鳴りつけました。彼女はボロボロと泣きながら「間違ったと思ってます」と言いました。

吉井の泣き顔を見て、私はすぐに「あかん、言いすぎた……」と反省しました。福岡からひとりで大阪に出てきて、きっと彼女はホームシックになっていたんだと思います。地方から出てきた子は、食事つきの学生マンションでひとり暮らしをしていました。慣れない土地に15歳の女の子がやってきて、しかもひとり暮らし。入学したばかりの彼女は、きっと精神的にも不安定になっていたのでしょう。でも、彼女は彼女なりに寂しい気持ちを抑えて、一生懸命新天地でがんばろうとしていたのです。それなのに、指導者である私はそのことをまったく理解できていませんでした。

それ以来、私は選手たちと接する中で「感情的になったら負け」と思うようになりました。選手のいい加減な態度を見て怒りが沸いてきても、一旦そこで気持ちを静めて「なんで彼女はそういう態度を取ってしまったのか？」を考えるようにしました。吉井だけではなく、すべての選手たちに「履正社に来てよかった」と思ってもらうには、まず指導者である私自身が変わっていかなければならない。そう決意しました。

とはいえ、人間はそんなに急に変われるものではありませんから、それ以降も練習中にふてくされた態度を取った選手に「帰れ！」と怒鳴ったことは何度もあります。まあ、大抵の選手は帰らないのですが、吉井たちが3年生だったときの1年生で私に怒鳴られて帰ろうとした選手がいました。そのとき、ベンチで帰り支度を始めた1年生の近くにいた3年生の正捕手だった香川怜奈が「帰ったらあかん！　ここで帰ったらあんた終わりやで。監督が『帰れ！』って言うのはフリやから！」と、その1年生を諭してくれました。香川のナイスフォローがなければ、1年生はきっと帰ってしまっていたと思います（香川、あのときはありがとな！）。

結局、吉井は履正社OGの中で、私ともっとも長く一緒に野球をした選手になりました。高校を卒業した後、レクトヴィーナスで3年、その後、鹿屋体育大の編入試験に見事合格しました。いま、吉井は大学を卒業して社会人のエイジェック女子硬式野球部で現役としてプレーしています。

いまでは、選手たちに「帰れ！」と言うことはほとんどなくなりましたし、グラウンドで怒ること自体、めっきり減りました。私もいろんなことを経験してきたので、怒りのバロメーターが吹っ切れることはほぼなくなりました。瞬間的に「はあ？」と思うことはありますが、そんなときは先ほどお話ししたように「その選手はなんでそうなってしまったのか？」を常に考えるようにしています。私の仕事はチームを強くすることですが、それ以上にすべての選手に「履正社に来てよかった」と思ってもらうことがもっとも大切だと考えています。

「女子だからできない」ということはひとつもない
――指導者の丁寧な説明が必要不可欠

２００６年に花咲徳栄のコーチとして女子野球の指導に携わるようになり、気づけば指導者となってから18年の歳月が経とうとしています。２００６年当時と比べれば、女子野球の競技レベルは格段に向上しているように感じます。その中でもとくに高校カテゴリーの成長は目覚ましく、小・中学生の競技人口が年々増加していることを考えても、競技レベルの向上は今後も続いていくことでしょう。

指導者になったばかりの頃の私は、女子選手に対して男子と同じ論理や手法、自身の感覚で指導を行っていました。自分の引き出しを少しでも増やそうと、野球指導書も読み漁りました。しかし、女子に対して男子と同じ指導法を用いることは、技術レベルや筋力レベルいずれにおいても難しく、まだまだ現実的ではないとすぐに理解しました。それからは、小学生向けの指導書なども参考にして、まずは基本を徹底させることから始めました。

単純なゴロ捕球ひとつ取っても、簡単そうに見えてなかなか難しいものです。選手たちはそういった地道な基本練習を積むことで、基本の大切さと土台の重要性を理解していきます。

あらゆるスポーツに共通していることですが、プレーの基本ができていなければ、応用のプレーもできません。プロ野球選手がカッコよくジャンピングスローを決められるのは、基本がしっかりできているからです。そこを勘違いしてはいけないと思います。でも逆に、遊び心のジャンピングスローから、何かを感じることも得ることもたくさんあるとも思っています。

守備の場合の「基本と応用」の一例をご説明しましょう。

走者一塁で、送りバントのゴロがサードに転がってきたとします。サードがゴロを捕球して一塁に送球する。このワンプレーを確実にアウトにすることが、まずは基本となります。ここから次のプレーに移るのが、レベルアップした応用編となり、送球を捕球したファーストの動きがポイントになります。ファーストは進んだ走者（二塁ランナー）のオーバーランを予測して、捕球した後すぐに二塁へ送球します。こういった応用ができるようになるには、まず基本をしっかり押さえる必要があるのです。

このように、守備のプレーの質を向上させるためには、正確な捕球、送球、ボール回しの各技術と、先を予測できる野球脳を磨かなければいけません。女子野球の指導においては、選手の経験値が少ないぶん、ノックをするにしても「この練習が何のために行われているのか？」「どのプレーにおいて必要な技術なのか？」といったあたりの丁寧な説明も必要不可欠です。また、指導者の側も練習内容と必要性を正しく理解して、選手と向き合うことが重要だと思います。

女子野球を指導されている方々に、ぜひ知っておいていただきたいことがあります。それは、彼女たちは「できない」のではなく、このプレーがどのような状況で、どのような場面にどう有効で、どうあるべきか、といった知識が不足しているだけだということです。正しい見本があれば見て学べますし、正しく理解した後に繰り返し練習すれば大抵のことはできるようになります。技術的に「女子だからできない」というのは、私の長年の経験から言ってひとつもないように思います。

発展途上の女子野球は歴史が浅いぶん、戦術や采配、試合運びなどに年々変化が見受けられます。これから先も、あまり見かけなかった戦術がどんどん現れてくるのではないでしょうか。

近年は、女子野球のバッテリーの力がレベルアップしていることから、盗塁や安打数は減り、戦術的にもエンドランやスクイズが増えたように感じます。私たち指導者は女子野球の発展のためにも、そういった変化に柔軟かつ適切に対応しつつ、より高度な野球を選手たちに身につけてもらえるようがんばっていかなければならないのです。

女子日本代表の監督としてやったこと
——これからの日本に求められるもの

第1章でお話ししましたが、私は2017年から2018年にかけて、女子日本代表の監督を務めました。

監督としてもっとも腐心したのは、目標（ビジョン）を明確にすることです。小さな目標から大きな目標（世界一）まで、あらゆる目標をわかりやすく、丁寧に何度も繰り返し選手たちに伝えました。

チームの最大の目標に掲げたのは「すべてにおいて『世界一』」です。挨拶や礼儀、全力プレー、感謝の心といったチームの心得を説いて、選手たちに技術や体力だけではなく、人間性も同時に磨くことを求めました。私がなぜそのようなことを選手たちに求めたのかというと、日本代表に選ばれた選手全員に、将来的に女子野球界を背負って立つ人材になってほしいと思ったからです。

選手、スタッフには次の3点を求めました。

①国を代表して日の丸を背負い、世界と戦うことに誇りと責任を持つ
②選手はもちろん、コーチ、スタッフ、チームに関わる全員が結束して、ワールドカップ6連覇を勝ち取る
③ただ勝つだけではなく、日本が世界の女子野球の模範となってリーダーシップを取れるよう努める

また、チームはひとりでは成り立ちません。明確な役割分担と、個々の能力を発揮する環境作りをするためには、チーム内での活発なコミュニケーションが必要だと考えました。それが、次の4つです。

①監督・コーチ・トレーナー間でのコミュニケーション（方向性の確認）→首脳陣の意見の一致

②選手と首脳陣間のコミュニケーション

③選手とトレーナーのコミュニケーション（疲労度の把握、練習強度の確認、コンディショニング）

④若手選手とベテラン選手のコミュニケーション（若手はチャレンジ、ベテランは寛大な心）

この4点をコミュニケーションの柱として、活発な意見交換をしてもらいました。

選手一人ひとり、それぞれにいろんな長所を持っています。私はそれらをどう組み合わせたら、チームとして一番機能するのかを考えてチーム作りを行いました。

選手たちに最高のパフォーマンスを発揮してもらうために、どのような環境にしていけばいいのか。それを私はいつも考えていました。私の野球にはめようとするのではなくて、個々のいいところを生かしながら、選手たちが一番フィットする選手起用や戦術、采配をマネジメントしていく。それが私の仕事だと肝に銘じて、選手やスタッフとのコミュニケーションが希薄にならないように気をつけました。

私とスタッフで作戦は用意しましたが、選手たちにも「自分でも考えて動いていってほしい」とお願いしました。試合の緊迫した場面では、選手自身が次のワンプレー、その次のツープレー、またその次のスリープレーまで発想する力がないと、いいプレーは生まれません。高いレベルの野球では、監督やコーチからの指示待ちだけではいい勝負ができないのです。

私がバントのサインを出したとしても「あそこはエンドランのほうが私の足を生かせたと思います」という意見があれば、どんどん言ってほしいと選手たちにはお願いしました。お互いにしっかりと意見交換をすることで、チームはレベルアップしていきますし、結束力も高まっていきます。淡々と目の前の試合をこなすだけではなく、1試合1試合レベルを上げていき、最高の状態で決勝に臨むのが私の理想でした。それを実現させるためには、選手自身が監督やコーチに意見や提案を発してもらうことが必要不可欠だったのです。

2018年のワールドカップに臨むにあたって、私は国内のプロ・アマ問わず、いろんなカテゴリーから代表選手を選出しました。

高校生からプロまで、バランスよく代表選手を選んだのは、次世代の日本代表を担う人材を育成したかったからです。また、各カテゴリーから選手を選ぶことで、上のカテゴリーに夢や憧れを持ってもらうこともできます。若手とベテランが世代を超えて交流するのも、今後の女子野球界のためにとても重要なことだと私は考えていました。

あれから6年が経った2024年現在、日本の女子野球は順調に発展しています。しかし、さらなる女子野球の繁栄を願うのであれば、私たちは国外にも目を向けていかなければならないと強く感じています。

本書でも少し話しましたが、世界に目を転じると、レベルの差が歴然としている国がたくさんあります。世界の女子野球を発展させるためには、そういった国々のレベルアップが急務です。女子野球界全体の底上げのために、日本ができることはまだまだたくさんあるはずです。世界の女子野球を牽引する日本だからこそ、代表チームを強くするだけではなく「世界に貢献するために、日本は何をすべきか？」も同時に考えていく必要があると思っています。

成長するためには、しんどいほうを選ぼう

私たち指導者は、選手たちの成長のお手伝いはできますが、選手自身を成長させることはできません。選手の成長は、その選手自身によってなされるものだと私は考えています。そして、そのもっとも大切な要素が「自主性」「自走できるかどうか」です。

指導者が行う選手の成長のお手伝いは、花への水やりに似ているかもしれません。自主性という花を咲かせるには、土に水をあげすぎても、あげなさすぎてもいけません。土が「乾いたかな」というタイミングで水をあげ続けることで、選手は自主性というきれいな花を咲かせます。

選手の自主性を引き出すために、指導者はそのしかるべきタイミングを見計らって「水をあげる＝声がけや助言をしてあげる」ことがもっとも重要だと思います。乾いた土に水が吸い込まれていくように、指導者の発したひと言がその選手の気づきとなり、成長へと

つながっていくのです。

振り返れば、私はずっと自由だったので、自分自身で考えていろんな練習に取り組んできました。選手の自主性を育むには、そのような自由な時間、考える時間を与えることも大切です。だからうちでは「課題練習」という時間を作り、自分たちで考えて練習に取り組んでもらっています。メインの全体練習の後の自主練習の時間は、選手にとって楽しいものです。そこに「選手の成長＝可能性を広げる伸びしろ」があります。

また、私は選手たちに「成長するために『どっちにしようか？』と迷ったときはしんどいほうを選びなさい」とよく話します。

本書でお話ししてきたように、私の野球人生は常に苦難とともにありました。自分の力だけではなく、周囲の人たちの協力があったからこそ、私は目の前に現れたいくつもの壁を乗り越えてくることができました。そんな環境で生きてきたので、私は困難やピンチに出くわすと「成長できるチャンスが巡ってきた」「これで自分を向上させることができる」と思えるようになりました。

一般的に考えれば、人生の道中に現れるピンチや壁といった障害は、マイナスの存在、できれば避けて通りたい存在かもしれません。でも私は、ピンチや壁にあえて挑むことで、それを自分の成長につなげてきました。私にとってのピンチや壁といった存在は決してマイナスではなく、自分を成長させてくれるプラスの存在なのです。

いま、世の中を見渡してみても、私には失敗を恐れて生きている人が多いように見えます。失敗は、年をとればとるほどできなくなりますし、恥ずかしいと思うようになります。でも、だからこそ若い世代の人たちには、失敗をたくさん経験して、それを成長につなげてほしい。あなたたちの失敗は、いくらでも取り返しがつきます。考えて行動した末の失敗は、必ず次に生かされます。そうやって人は成長していくものですし、そのほうが人生は楽しくなると思いませんか？

「ピンチはチャンス」と捉えて、それを一つひとつ、自分で考えて乗り越えていく。人生とは面白いもので、目の前に現れたピンチから逃げると、すぐに同じようなピンチがまた別のところからやってきます。そう考えると、ピンチとは人生の宿題のようなものなのかもしれません。

幼い頃の私は、父から「逃げるのか」とよく言われました。そのような育てられ方をしてきたことも、私の性格やいまの生き方に大きく影響しているように思います。高校時代には、そんな人格形成がある程度なされていたからでしょうか。父から何か言われたわけでもないのに、私は普通に野球ができる神村学園に転校する道を選びませんでした。

もしいま、本書をご覧になっている方の中に「野球を辞めようかな」とか、自分が続けてきた道から外れようと考えている人がいたとしたら、一旦立ち止まって考え直したほうがいいと思います。その後に進むべき違う道が明確にあるのならいいですが、そこに少しでも「逃げ」の要素があるのであれば、逃げの姿勢で違う場所に行ったとしても、きっとまた同じようなところでつまずくことになります。

ここまでご説明してきたように、人生の岐路に立ったときはしんどいほうを選んだほうが人として成長できます。「こっちのほうがきついな」と思う道に進んだほうが、結果として自分の学びとなり、いろんなことが身につき、それが人の成長につながるのだと思います。

女子集団をいい方向に導いていくためのアプローチ法

私は高校・大学では、男子に交じって野球をしてきました。いわゆる「男社会」の中で私は過ごしてきたので、女子野球を指導し始めた頃は「女子社会」の雰囲気、風潮に違和感を覚えたり、戸惑ったりすることもたくさんありました。

そもそも、女子野球の世界には、男子たちほど「野球」というスポーツを深く理解している選手が多くいませんでした。指導者になったばかりの頃は、選手たちが何を知っていて、何をわかっていないのか、それを理解するのが難しかったものです。とくに「野球のセオリー」的な部分で、それを教えるのが一番難しく感じました。

たとえば、nアウト・ランナー一塁で送りバントの場合、セオリーとしてはバントを一塁側に転がします。その理由を、すぐには理解できない子が多く「ファーストが一塁ベースについているから」と説明して、ようやく理解してもらえるといった感じです。

ランナー二塁の際には、バッターが右方向に打球を転がせばランナーを進めることができますが、こういったセオリーや野球の基礎・基本の知識の理解が、同年代の男子よりも女子はだいぶ劣るように思います。これは、代表レベルでも同様のことがいえるかもしれません。次項でお話ししますが、私たち指導者は根気強く、選手たちにセオリーや戦術、野球の知識を教えていかなければなりません。

女子社会の中で指導するにあたって、アプローチの仕方や声がけなど、いろんな部分で私なりに気づかって工夫をしています。女性特有の考え方などもありますから、そういった部分も考慮していく必要があります。

私が女子野球の世界に飛び込んで、まず感じたのは「女子は仲間意識が強い」ということでした。だから、みんなで何かを成し遂げようとするときの結束力は男子以上です。男社会の中で生きてきた私は、この仲間意識と結束力の強さに最初は驚きました。

しかし、仲間意識が強すぎるとその集団は馴れ合いになったり、傷の舐め合いになったりして、選手たちの考え方も甘くなりがちです。そうならないように、私は毎年秋、新チームになったときに「仲良く楽しく野球がしたいのか、厳しい中でも愉しく勝負して日本一になりたいのか、どっち？」と選手たちに聞くようにしています。楽しく野球をやるのはとても大切ですが、慣れ合いでキャーキャー言っている「うわべだけの楽しい野球」では日本一は目指せません。女子選手はどうしても楽しいほうに行きすぎてしまう傾向があるので、そこのバランスを図っていくのも指導者の重要な役目だと思います。

楽しいほうに行きすぎないようにするためには、ときには厳しさも必要です。指導者の手綱さばきで締めるところは締めていかないと、ただの仲良し集団になってしまいます。

私の言う厳しさとは「明日もがんばろう」と思える厳しさです。歯を食いしばってがんばり、その結果として自分の成長を感じることができれば、選手は「明日もがんばろう」「昨日より今日、今日より明日」と思ってくれるはずです。うちではとくに3年生たちに厳しさを持ってもらえるように、アプローチの仕方にも配慮しています。

最近は、私も練習中に怒ることがめっきり減りました。その代わりに、選手を諭すことが増えたように感じます。たとえば「ウォーミングアップをちゃんとやれ！」という怒り方はせずに「ウォーミングアップ、大切やん。だから、うちは日本一質の高いウォーミングアップをしていこうや」とまず全員に言います。それでも適当なウォーミングアップをしている選手がいたら「本当にそれでいいんか？」「それで日本一になれるんか？」と聞きます。このように、最近は簡単には怒らなくなりました。

練習中、指導者に「走れ」と命じられたら、男子はとりあえず言われたまま走る選手が多いでしょう。でも女子は「なぜ走るのか」の理由を明確にしてあげないと、手を抜いて真剣に走らない傾向があります。私は男社会の中で生きてきたので、そういった女子特有の思考にも最初はだいぶ戸惑いました。

でも、いまは選手たちを走らせるにしても「なぜ走るのか」をちゃんと説明します。女子選手を指導する場合は、何事も納得してもらうことが大事です。バットの振り方にしても「こういう理由だから、こう振ると、こうなる。こうやって振ったらどうか」と理屈を最初に伝えてあげるといいと思います。

女子社会は人間関係がわりと露骨なため、口論的なケンカもたびたび起こります。こういった口論になるような関係は相性によるところも大きいので、指導者は「この選手はあの選手が苦手」「この選手とあの選手は相性がいい」という関係性をある程度把握しておくことも重要です。だから、私も普段から選手たちの様子を観察したり、いろんな選手と話をして情報収集（指導にあたってのヒントを得る意味で）をしたりしています。

指導に関しては、いまでも自問自答と試行錯誤の日々です。花咲徳栄でコーチをして「私は指導者に向いていない」と感じたときから比べれば、いまの私は多少成長できているのかなと思いますが、コーチとなってからいままで「私は指導者に向いている」と思ったことは一度もありません。失敗の連続の毎日で落ち込むこともたくさんありますが、次の瞬間には「明日はもっとこうしていこう」と考えている自分がいます。こうした切り替え力と発想力と情熱があるうちは、指導者を続けていこうと思っています。

選手たちの野球脳を高めて、チーム力の向上を果たすには？

先ほどお話ししたように、女子選手たちに野球のセオリーや戦術を理解してもらうには、指導者が根気強く教えていくしか方法はありません。うちでは野球脳を高めるための座学のような勉強会「チームビルディング」を定期的に行っています。

私は現役時代、相手バッテリーの配球を読んでバッティングをしていました。でも、いまの女子高校野球ではそのような選手は少数派で、ほとんどの子は来た球を打っているイメージです。うちの選手でも「あのカーブよく打ったな」と褒めたら「え、ストレートでしたけど?」と打った球種すらわかっていない子もいたりします。

プロのアナリストをお招きして、データ分析の勉強をすることもあります。

「私の力はデータではどう表されているのか?」

「私たちのチームの力はデータではどうなっているのか?」

そういった客観的なデータ分析ができなければ、自分たちの改善点も見出せません。データ分析の勉強会では出塁率、進塁率、塁打率、得点率、失点率などをはじめとする様々なデータを抽出して、自分たちを分析していきます。それぞれの数値にフォーカスを当てて、どう考えて、どう対応して補っていくか。それをみんなで考えていくのです。

女子日本代表の監督をしていたとき、図Aのようなプリントを選手たちに配って、それぞれに記入してもらったこともあります。選手たちに、アウトカウントとランナーの位置のいろいろな組み合わせを提示して、その状況に対応するための「守備フォーメーション」を図に記入してもらい、その説明などを書いてもらいました。これはテストというより、それぞれの選手の野球理解度を知りたくて行ったものです。質問で提示した各種状況は次のような感じです。

■図A

《課題》実際の守備フォーメーションを図に記入。
また、その説明および他に想定されるケースを記述してください。

0アウト　一塁　初回守備の場合

0アウト　一・二塁　初回守備の場合

0アウト　一・三塁　序盤0－0で同点の場合

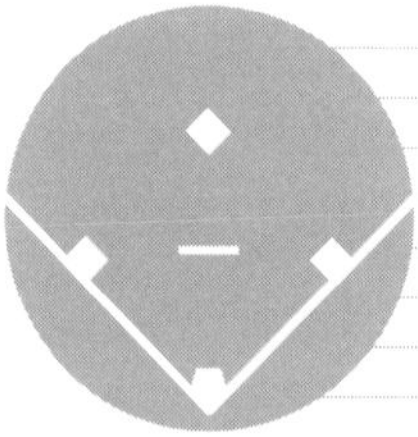

1アウト満塁　ピッチャーゴロの場合

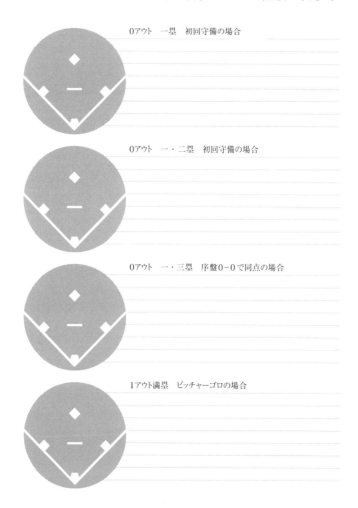

- ０アウト一塁　　　初回守備の場合
- ０アウト一・二塁　初回守備の場合
- ０アウト一・三塁　序盤０－０で同点の場合
- １アウト満塁　　　ピッチャーゴロの場合
- ２アウト一・三塁　最終回守備０－０の同点で１点もやれない場合
- ０アウト満塁　　　中盤５点差で勝っている場合
- タイブレーク　　　２点差で勝っているときの最終回守備
- １アウト満塁　　　１点差で勝っているときの最終回守備

これらの状況における、守備のフォーメーションとその説明を書いてもらいました。この作業は、各選手がどこまで野球を理解しているのかを知るにはとてもいい資料になりました。

女子日本代表の選手たちには、守備のフォーメーションやその説明を書いてもらいましたが、履正社の女子選手たちはそのレベルに達している選手は少ないので、まずはセオリー的なものを知ってもらう必要がありました。そこで、私は何年か前に図Ｂのようなリストを作り、選手たちに配布したことがあります。

これはランナー一塁の場合、ランナー二塁の場合など、それぞれのケースでバッターにはどういう戦術があるのか、ランナーはどう動かなければならないのか、また守備はどうしたらいいのかをわかりやすく説明したリストです。

これらは、初歩的かつオーソドックスなセオリーにすぎませんが、とりあえず野球の戦術の基本を知ってほしくて選手たちに配りました。ある程度の状況を「予測＝想定内」にできれば、次に備えた準備ができるようになります。このような地道な作業を繰り返しながら、私たちのチームは少しずつレベルアップしていきました。

野球では、技術を極めようとすることも大事ですが、ルールや戦術を勉強して誰よりも詳しくなろうとすることも同じくらいに大切です。うちの選手たちには、小・中学生に野球を教えられるくらいのレベルの知識を得て、卒業してもらいたいと思っています。チームを強くするだけではなくて、野球の楽しさや知識を世に広められる人をひとりでも多く生み出すことが私の使命でもあるのです。

■図B

戦術一覧

□ GO　□□ インパクトGO　■ 守備

①ランナー 一塁

		走	スタート（2盗）
	打	走	ランエンドヒット
	打	走	バントエンドラン
		走	エバース②（盗塁補助）
	打	走	バスターエンドラン
	打	走	エンドラン
	打	走	ストライクエンドラン
	打	走	進塁打
	打	走	送りバント
	打	走	プッシュバント
	打	走	セーフティーバント
	打		エバース①（守備位置確認）
守		走	ピックオフ
守		走	バントシフト
	打		決定打
		走	ワンバンGO
		走	3歩・5歩
守		走	出戻り
		走	盗塁・ディレードスチール
守			牽制

②ランナー 二塁

		走	スタート（3盗）
	打	走	ランエンドヒット
	打	走	バントエンドラン
		走	エバース②（盗塁補助）右打者
	打	走	バスターエンドラン
	打	走	エンドラン
	打	走	ストライクエンドラン
	打	走	進塁打（右打ち）
	打	走	送りバント
	打	走	プッシュバント
	打	走	セーフティーバント
	打		エバース①（守備位置確認）
守		走	ピックオフ（捕手～）
守		走	バントシフト（一塁手）
	打		決定打
		走	ワンバンGO
		走	シャッフルGO
		走	盗塁：ディレードスチール
守			牽制
守			牽制W
守			牽制一発（サイン中）

③ランナー 三塁

	打	走	スクイズ
	打	走	バスターエンドラン
	打	走	エンドラン
	打	走	擬似スクイズ（ボールは引く）
守			ウエスト（カーブ・ワンバン・外ストレート）
	打		決定打
	打		外野フライ
	打		内野ゴロ
	打	走	セーフティースクイズ
守			牽制
		走	ホームスチール

野球をいかにして
楽しむか?
とにかく素直さと
研究心!

野球選手である前に、人としてどうあるべきかを問う

野球がいくらうまかったとしても、大学卒業後までクラブチームに残って野球を続ける人はひと握りです。小学校から大学まで、どんなに長く野球を続けたとしてもその期間は10数年。長い人生を考えれば、野球をしている時間よりも、それ以外のことをしている時間のほうが圧倒的に長いといえます。だから、私は選手たちに「野球以外の部分、生き方を大切にできる人間になろうや」といつも言っています。

私が現役の頃は、中学や高校を出たら女子が野球をする場所は限られていました。大学を卒業した後はさらに選択肢が少なくなりますから、野球をするなら私や先輩方がそうであったように、海外に飛び出すくらいしか道はなかったのです。そんなひと昔前を思えば、いまは女子野球の選択肢もずいぶん増えました。でも、そんな恵まれた環境にあるいまだからこそ、そこに甘んじることなく野球以外の生き方にもしっかり目を向けておく必要が

あると思います。

人間性が最悪のチームメイトがヒットを打ったとしても、それをうれしく感じる人はあまりいないはずです。自分の打ったヒットをまわりが喜んでくれているとしたら、それは人として自分がチームメイトから評価されていることを表しています。野球は9人で行うスポーツです。ベンチにいるサポートメンバーも含めれば、人数は20人以上になります。チームとしてひとりの選手のヒットを喜び、ひとりの選手としてチームの勝利を喜ぶ。そういう感覚を、チームで共有できるようになることがとても大切です。

チーム作りをするうえで、私は「すべてにおいて日本一」を選手たちと一緒に目指しています。チームの実力だけではなくて、練習内容や練習に対する姿勢、さらには学校での生活態度や挨拶、ゴミ拾いといった普段の行動も含めて、すべての面で「日本一になろう」と選手たちには伝えています。

グラウンドではちゃんと練習をしているけど、学校では居眠りばかりしている。私の前ではいい子だけど、ほかの先生の前では態度が悪い。このような二面性のある選手は、いざ本番となったときに実力を発揮することはできません。勝敗のかかった重要な局面では、そのような選手は平常心が保てずにケアレスミスをしてしまいます。どんな局面でもいつも通りの力を発揮するためには、野球も普段の生活もどちらも一生懸命に取り組んでいかなければならないのです。

私が、選手たちに常々言っているのは「野球の能力≠人間力」ということです。スポーツの世界では、プレーヤーとして秀でた力を持った人は何かと持てはやされる傾向にありますが、私はそこに人間力も伴っていないと何の意味もないと考えています。野球選手である前に、人としてどうあるべきか？　そこを指導者と選手が一緒になって考えていくことが重要だと思います。

ゴミが落ちていれば拾う。何かしてもらったら「ありがとう」とお礼を言う。脱いだ靴は揃える。困っている人がいたら助ける。これらを行うのは、人として当たり前のことです。人としての成長がなければ、選手としての成長もありません。そして、それは指導者にも同じことが言えるでしょう。私も「人としてどうあるべきか？」を常に考えて、選手たちの見本となれるよう誠実に生きることを心がけています。

練習試合には、なるべく全員を出す

女子日本代表の監督を務めたこともあるからか、チームの中には「橋田監督はすごい」と勘違いしている選手もいます。だから、私はそんな勘違いをした選手には「私、現役時代はレギュラーちゃうから」「壁当てばかりしとったから」と事実をちゃんと伝えるようにもしています。

本書でお話ししたように私は高校時代、高野連の規定もあって試合ではベンチ入りすることすらできませんでした。試合に出られない悔しさを知っているからこそ、いまでは状況が許す限り、練習試合ではすべての選手を出してあげられるように調整しています。

普段の練習試合は、ABの2チームに分けて試合を組みます。Aチームは公式戦を意識したレギュラークラス、Bチームはそのほかの選手で構成しています。大会直前ではない限り、AチームもBチームも練習試合ではなるべく全員を出すようにしています（大会が近くなってくるとAチームは実戦モードに入るので、なかなか全員を出すというわけにはいきませんか……）。

Bチームは約35人の選手がいますが、試合を1日に2試合組んだり、代打で出てもらったりするなどして、とにかく全員出場を目指しています。もちろん、Bチームで活躍した選手がAチーム入りすることだってあります。

うちでは普段の練習も、みんなが同じメニューをこなしています。練習も試合も、すべての選手が自分の可能性を信じて取り組めるようにするのが私の仕事です。

履正社レクトヴィーナスで監督を始めた頃の私は監督としても新米で、練習試合で全選手を出場させるところまで気が回りませんでした。部の運営に関することをひとりでやっていたので、物理的に難しいところもありました。すべては自分の未熟さによるものなのですが、あの頃の選手たちには、本当に申し訳なかったと思います。

履正社の男子硬式野球部が、2019年夏の甲子園で全国制覇を成し遂げたときの監督である岡田龍生先生（現・東洋大姫路監督）には、私がレクトヴィーナスの監督になったときから大変お世話になってきました。岡田先生が履正社にいた頃は職員室での席も近く、普段からいろんなことを教えていただきました。

いま、うちではふたつの公式戦（春のセンバツと夏の選手権大会）の登録メンバー（25人）＋5人＝30番くらいまでを選手間投票によって決めています。これも、実は岡田先生のやり方に倣ったものです。

投票には、ピッチャー○人、内野手○人、外野手○人、DH○人、一番リスペクトされている選手（これは「一番がんばっている選手」などとしたりすることもあります）とあらかじめ枠を作ります。選手それぞれが、自分以外の選手たちのことをどう見ているのかを知りたくて始めた部分もありますが、選手間投票の結果と私の考えは毎回ほぼ一致しています。「一番リスペクトされている選手」のところには、各ポジションのレギュラーやキャプテンが入ることもありますし、ベンチを盛り上げるのがうまい選手、コーチャーをやらせたらチーム一の選手、人間性に秀でていて誰からも認められている選手などが入ることも多いです。

私は、会話をしなくても意思疎通のできるチームを目指しています。試合中、私が出すサインの意図がすぐにわかる、私が出すサインを予見できる、そんな選手が多く揃っているチームが私の理想です。正直に言えば、まだ理想のチームには届いていません。でも、選手間投票の結果と私の考えが一致し始めて「少しずつ理想のチームに近づいてきたのかな」と秘かに喜んだりもしています。

監督に必要なのはコミュニケーション力

履正社で監督になったばかりの頃、私は「どうやったら選手たちに私（監督）のことを理解してもらえるのか」を考えていました。しかし、指導者としての経験を積んでいくうちに「選手に私を理解してもらうよりも、私が選手を理解するように努める」ことが何よりも重要なのだと気づきました。監督に求められているのは、上から押しつけるような一方通行の指導ではなくて「選手と会話（対話）をしながら指導する」こと、つまりコミュニケーション力なのです。

選手と普通に会話をしたり、気軽に意見を言ってもらえたりする関係性になるには、選手たちが言葉を発しやすい環境を整えなければいけません。選手と監督、選手とコーチ、あるいは先輩、後輩同士がどうすれば言葉のキャッチボールがしやすくなるか。そういった環境作りを意識し始めてから、私の思いや指導の真意などが徐々にうまく伝わるようになっていきました。

私たち指導スタッフはこのような対応を取りながら、選手たちが持てる力を最大限発揮できるように最善を尽くすことを心がけています。

指導者として経験を積めば積むほど、選手と円滑なコミュニケーションを取っていくには彼女たちの性格や考え方だけではなく、その子の生い立ちや育ってきた背景なども知っておかなければならないという思いを強くします。

「なぜこの子はこうなるのか？」

「なぜこの子はそうしてしまうのか？」

それを理解するには、対話を重ねていくことが一番大切だと思います。

地元では野球が一番上手な女子選手だった子がうちに入ってきて、自分より上手な子がたくさんいるのを目の当たりにして、自信を失ってしまうこともたまにあります。

そのような選手に自信を取り戻してもらうために、私は「人と比べるのをやめよう」と言います。そして「君も十分うまいよ」「君にもこんなにすばらしい部分があるよ」「この動きが苦手やな」などとその選手の現在地（客観的に見た選手の力）を教えてあげるようにしています。人間誰しも、他人と自分とを比べることが不幸の始まりです。指導者は、どうしても選手同士を比べてしまいがちなので、その点にも気をつけていかないといけません。

私は、履正社にいるすべての選手たちに、このチームにいることに誇りを持ってもらいたいと考えています。そのためには、指導者として選手を最後まで信じてあげられるかどうかが肝心だとも思っています。自分のチームへの誇りが、選手の自信にもつながっていくのです。

監督ができるのも選手たちのおかげ
――おばあちゃんへの感謝

第2章でお話ししたように、私のおばあちゃんは昔、女の子の私が野球をしているのをあまり好ましく思っていませんでした。おばあちゃんは、私に女の子らしく育ってほしかったのでしょう。「日焼けするから野球なんて辞めて」と言われたこともありました。

幼い頃の私の一番の理解者は、おじいちゃんでした。グローブもおじいちゃんが買ってくれましたし、おじいちゃんがおばあちゃんを説得して海外への遠征費を出してくれたこともあります。

そんなやさしかったおじいちゃんですが、私が20歳のときに他界してしまいました。するとその後、おばあちゃんがおじいちゃんの気持ちを背負ったかのように、私の野球をサポートしてくれるようになったのです。

何年か前、おばあちゃんから「選手たちに差し入れしてあげたいんや！」と連絡がありました。そのとき、おばあちゃんは私にこんなことを言いました。

「野球の監督は大変かもしれんけど、監督が偉いわけやなく、がんばっている選手が偉いんや。選手がおるから監督は野球に携わることができる。恵は選手がおるから大好きな野球を続けていられる。それを忘れたらあかんよ」

そして、こんな会話が続きます。

祖母「あんたが監督できるのも、選手たちのおかげ！　お礼を伝えないと！　選手たちは『おかき』好きかな？」

私「『おかき』よりは『塩分チャージ』かな」

祖母「それ何⁉」

その後、おばあちゃんは段ボールいっぱいの塩分チャージを持ってきてくれました。あるときには、リクエストもしていないのに選手たちに『甘栗むいちゃいました』を突然持ってきてくれたこともあります。甘栗は私の好物でした。40歳を過ぎた私ですが、88歳のおばあちゃんにとっては、いつまで経ってもかわいい孫のままなのだと思います。

選手がいるから、監督ができる――。

このことを、おばあちゃんが私に教えてくれたのは、夏の選手権大会の直前でした。大会前、監督である私はどうしても気持ちが先走りがちですが、おばあちゃんの言葉が私をとてもリラックスさせてくれました。いまでも、夏の大会が近づくとこのやりとりを思い出します。

おばあちゃんは、いまでも私にたくさんの学びを与えてくれるありがたい存在です。本当に、感謝しかありません。

第4章

日本一になるために、何をすべきか？

履正社の練習と取り組み

練習環境と指導スタッフ

創部当初は週に1回、月曜に茨木市の男子野球部のグラウンドを借りて練習していた女子野球部ですが、２０１６年に毎日思う存分練習できる立派な野球場が大阪府箕面市に完成しました。

阪神園芸さんが整備してくれたグラウンドのサイズは両翼92ｍ、センター１１８ｍ。内野は甲子園と同等の黒土混合土が使用されています（写真①）。本格的な照明設備やバックネット裏にロッカールーム（更衣室）も完備していて、そのほかの設備は次のようになっています。

- ブルペン3本＋2本（センター奥のバックスクリーン裏　写真②）と、グラウンド内の両ベンチ脇にもひとつずつブルペンあり（写真③）

・バッティングケージ（レフト奥。20m×8m）（写真④）
・スコアボード（写真⑤）
・放送室（試合の場内アナウンスを保護者がやってくれています）
・監督室
・トレーニングルーム（専門学校の校舎内）（写真⑥）

① 阪神園芸が整備した両翼92m、センター118mの立派なグラウンド

② センター奥のバックスクリーン裏にあるブルペン
3本＋2本

③ グラウンド内の両ベンチ脇にひとつずつあるブルペン

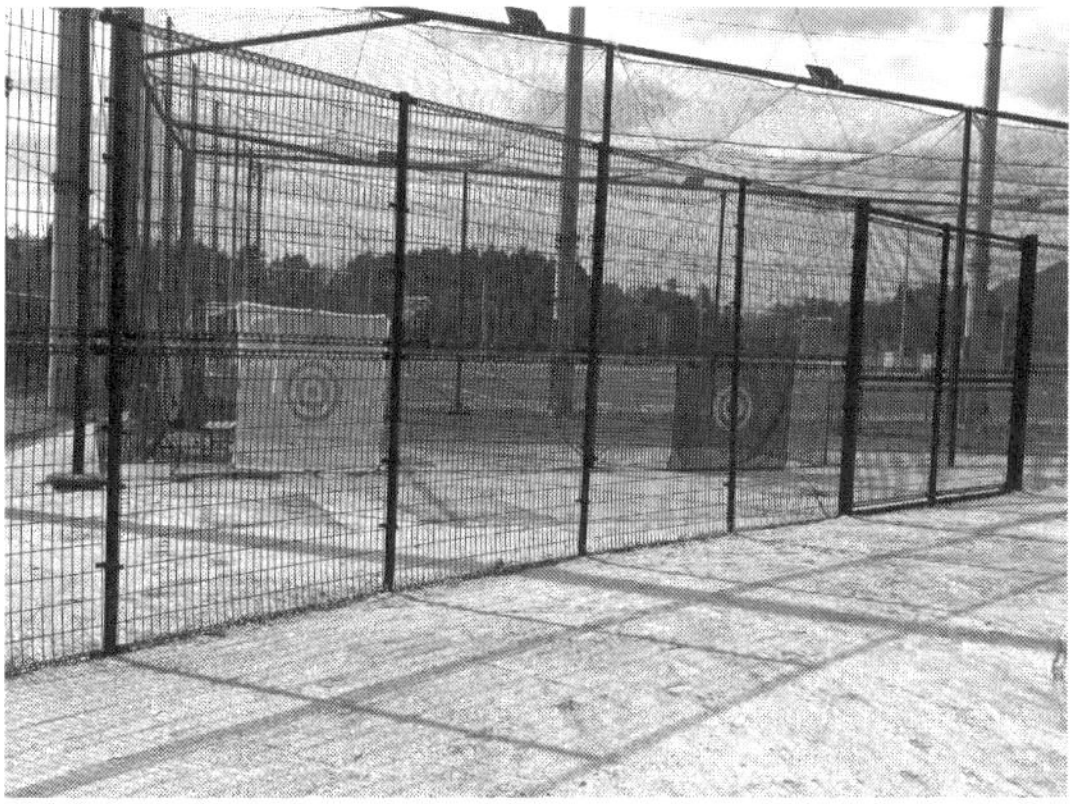

④ レフト奥にある20m × 8 mのバッティングケージ

⑤ センター奥のバックスクリーンにあるスコアボード

⑥ 専門学校の校舎内にある、設備の充実したトレーニングルーム

このように、現在の私たちはとても恵まれた環境で野球ができています。グラウンドの使用は、専門学校の男女両チームと中学チーム（北大阪ボーイズ・履正社ＮＩＮＯ）との兼用です。基本的に平日、土曜の放課後、日曜の日中は、私たちがグラウンドを使っています。

２０２４年7月時点での部員数は1年生20人、２年生20人、３年生19人の計59人。いまはそのうち、23人の部員が提携している食事つき学生マンションで暮らしています。

チームの運営や指導は、次のスタッフで行っています。

部長　内藤光平（保健体育科）
監督　橋田恵（保健体育科）
顧問　鳩岡文法《はとおかあやのり》（社会科・生徒指導部長）

普段の練習は、基本的に私と内藤先生のふたりで見ています。

そのほかにも、非常勤の外部コーチとして次の方々がいらっしゃいます。

・坂本一郎コーチ（中学時代にお世話になった神戸ドラゴンズの当時の監督。ピッチングコーチとして指導に来てくれています。みんなにやさしく、にこやかに指導してくださっています）

・大屋博行コーチ（メジャーリーグの国際スカウト。日本の中学・高校のアマチュアからプロ野球、メジャーまでを見てきており、その経験に基づいた指導をしていただいています。選手の特徴を生かしながらのアドバイスが印象的。バッテリー担当）

・猪坂彰宏コーチ（小野高時代の野球部同期、キャプテン。その後、早稲田大－大阪ガスでプレー。元侍ジャパン女子代表コーチ。野手担当）

・小田啓之《ひろゆき》コーチ（1期生からご指導いただいているトレーナー兼コーチ、元侍ジャパン女子代表トレーナー。通った時期は違いますが、鹿屋体育大学大学院修了の同級生でもあります。現・森之宮医療大学講師）

さらに、定期的に医学トレーナーの望月涼佑《りょうすけ》さんが、スポーツ医学・脳科学の専門家としてピッチャーをメインに、体の動かし方やトレーニング方法などをわかりやすく教えてくれています。

野手出身の私にとっては、坂本さんも大屋さんも望月さんも本当に学ばせていただくことばかりで、選手とともに私も勉強させていただいています。

ウエイトトレーニング、コンディショニング関連は、水曜と金曜にご指導に来ていただいていて、履正社国際医療スポーツ専門学校のアスレティックトレーナーコースの山口宗明《ひろあき》先生、水谷麻紀先生、大石果歩先生と学生が実習も兼ねて、その指導に当たってくれています。

シーズン中の1週間の流れと練習メニュー

平日（月・水・金曜）の練習スケジュールは、15時40分に学校（大阪府豊中市）からバスが出発。30分ほどで箕面市のグラウンドに到着するので、16時30分には練習が始まります。

火曜は完全オフ。木曜は、昼過ぎの14時には練習が始められます。これは、ある木曜のトレーニングメニュー（写真⑦）です。

⑦ 三塁側のベンチ前に掲げられた練習メニュー

14時　　　　　　　アップ開始（全体）
14時50分～　　　　キャッチボール、トスバッティング、バント練習
15時10分～　　　　内野／ボール回し（グループ別）
　　　　　　　　　外野／後方フライ
15時30分～16時　　Aチームノック／Bチームランナー
16時5分～16時35分　Bチームノック／Aチームランナー
バッティング練習準備（10分以内）
16時50分～18時30分　①トレーニング（春は、1年生は上級生の3分の1の量もしくは別メニュー）
17時25分～17時55分　②Aチーム／6か所バッティング、置きティーバッティング
　　　　　　　　　Bチーム／ケージバッティング
18時～18時30分　　③坂道ダッシュ10本、平地10本
　　　　　　　　　守備＋バッティング補助
片づけ、ダウン
19時　　　　　　　終礼

照明があるので、日が暮れても練習はできます。ただ、勉強の時間と睡眠時間はしっかり確保してもらいたいので、平日練習はどんなに長くても20時までとしています。

土曜は午前中に授業があるため、13時から練習開始。土曜は練習の日もあれば、練習試合を組む日もあります。

日曜の活動時間は8時30分~16時30分。シーズン中はほとんど試合（公式戦か練習試合）を行っています。練習試合の場合は1日2~3試合を組み、なるべくすべての選手が出場できるように気を配っています（練習試合に関しては本章終盤で詳しくお話しします）。

練習メニューはその日ごとに異なりますが、必ず週1回は行う練習内容は、次のような感じです。

- 全体アップ（シーズン中は個人アップがメインとなりますが、週数回は全体でのアップを行います）
- ゴロ捕球練習（7種類行っています。内容は後述）＋キャッチボール（ライト線、レフト線に分かれて）

・トスバッティング＋バント練習
・ボール回し（内容は後述）
・ウエイトトレーニング
・ランニングメニュー
・シートノック
・ランナーつきノック
・ケースバッティング
・シートバッティング
・2か所バッティング（ランナー打球判断・守備つき）
・6か所マシンバッティング
・外トレーニング（メディシンボール・バトリングロープ・レッドコード等、用具を使っての補強トレーニング）

これが、レギュラーメニューです。これらの組み合わせで1日のメニューを考えていますが、日ごとにメニューは異なります。ひたすらバッティングだけを行う日もありますし、守備力強化メニューを多めに組むこともあります。

1日のメニューをパターン化していないのは、選手たちを飽きさせないためです。練習やトレーニングがマンネリ化しないようにいろんなやり方、さらにはトレーニングのための様々な道具も随時取り入れています。選手たちには「練習の意味を考えて取り組んでな」と常に伝えています。

これからの女子野球にどう対応していくか？

履正社の野球部に入ってくる女子選手は、一人ひとりの経験値が大きく異なっています。女子だけのチームでやっていた子、男子に交じって実戦経験をたくさん積んできた子、男子の強豪チームにいたもののあまり試合には出られなかった子、ソフトボール経験者、さらには小学生のときは野球をやっていたけど中学ではほかの競技をしていた子など、選手たちの経歴も実に様々です。

心技体や野球の知識も含め、選手たちの技量や力量のレベルの差は幅広く、最低のラインに合わせようとするとチームの成長が止まってしまいます。とはいえ、最低ラインにある選手の実力を伸ばすことがチーム全体の底上げにもつながりますので、どのレベル、ラインに合わせてやっていくかはその年ごとに柔軟に対応しています。

監督やコーチから教わるだけではなくて、先輩や友だちに聞いたり、教わったりすることもとても大切だと思います。選手間で意見交換できるのは、それぞれが野球を本気で学ぼうとしているからです。

「ほかの選手のいいところはどんどん吸収しよう」

そんなポジティブな選手が多ければ多いほど、チームは強くなっていきます。

女子野球はその歴史が浅いぶん、試合で目にする戦術も年々大きく変化しています。かつては、ランナー一塁だと「送りバントか盗塁の二択」だったのが、近年では強振するエンドランなどもよく見かけるようになりました。

選手たちの技術やパワーもレベルアップしているので、打球速度も確実に速くなっています。その影響で、女子野球も守備位置が年々深くなっています。昔の女子野球では、ランナー二塁からのタイムリーといえば、ポテンヒットばかりでした。しかし、いままでは外野手の間を抜けていく長打のタイムリーがとても増えています。

戦術面では、ランナー三塁でのセーフティースクイズや、エンドランも増えたように私は感じています。バントの質が勝敗を左右する試合が増えて、各チームの走力も確実にアップしています。

また、送りバントやエンドランが増えた大きな理由のひとつが「バッテリーのレベルアップ」にあると私は考えています。ピッチャーの球速は上がり、肩が強くてフィールディングのいいキャッチャーも増えたので、昔ほど簡単に盗塁も成功できなくなりました。

これからの女子野球に対応するためには、バッテリーと内野手のフィールディングを向上させることが、ひとつのカギになるのではないでしょうか。送りバントの際に、簡単に送られない。どれだけ二塁、三塁でアウトが取れるか。そこが重要になってくるように思います。

ここまでお話ししてきたように、女子野球は基本「スモールベースボール」です。でも、私はそんな潮流の中で、あえて「打」で勝負したいとも考えています。うちでどのようなバッティング練習をしているかは、次項でお話しします。

バッティングの基本と置きティーの効果

うちの選手のスイングを見ていると、投球に対してタイミングの合っていない子が多く見受けられます。下半身がうまく使えていないため、手打ちになってタイミングの取れないスイングになってしまっている子が多いのです。

タイミングを取りながら前足（右打ちなら左足）を踏み出したときに、バットがトップ（始動スタート）の位置に入ります。これをバッティングでは「割れ」と呼び、このときに重心はまだ軸足（右打ちなら右足）にあります。タイミングがちゃんと取れている選手は、この「割れ」がしっかりできていて「間」があります。「割れ→間」の後にスイングに入っていきますが、次の動きがポイントになります。

①踏み出した前足のかかとが地面に着く瞬間に、軸足（右足）も絞める（太ももが内側

にキュッと入る）

②①と同時に右上腕（右肘）が体に近づき、バットのグリップ部分が出てくる

この①と②の動きが連動することで、下半身のパワーが上半身に伝わって、より強い打球を飛ばせるようになります。

また、構えたときの注意点として、軸足の膝が爪先より前（ベース側）に出てしまうと体重が膝関節に乗るため、スムースなスイングや体重移動ができません。重心は、軸足のかかと側にかける（お尻やハムストリングスに自然と意識を置ける）ようにしましょう。

先ほどお話しした①は、股関節の動きがとても重要になってきます。この股関節の動きは、スクワットでのヒンジの動作にもヒントが隠されているので、筋力トレーニングをするときに股関節の動きも意識しながら行うといいと思います。

これは余談となりますが、バントでボールを捉えるポイントと、スイングして打つときのポイントは基本一緒です。だから、私はいつも選手たちに「バントのポイントと打つときのポイントは一緒やで」と話しています。バントのうまい選手は、ミートポイントが安定しています。だから、バントのうまい選手は総じてバッティングもいいものです。

バッティング練習において、ティーバッティングをメニューに組み込んでいるチームは多いと思います。このティーバッティングを行う際、最近うちでは置きティーを中心に行うようにしています。

ボールを投げるタイプのティーバッティング（以下、投げティー）は、ボールの勢いがあるので適当に打ってもいい当たりになります。要するに、投げティーはバッターがさぼれるのです。これが、投げティーを減らしたひとつ目の理由です。

ふたつ目の理由は、投げティーは投げる人の技量によって、バッターの打ち方が良くもなれば悪くもなるからです。私やコーチが全員に投げられればそれが一番いいのですが、それでは時間がかかりすぎてしまいます。このふたつの理由によって、ティーバッティングは基本的に置きティーをするようにしました。

ちなみに、投げティーをする場合には、投げ手を投手と仮定して、しっかりタイミングを取って強振することを目的に実施しています。

うちの置きティーには、ひとつのやり方があります（これは企業秘密だったのですが、お話しします）。置きティーをするとき、私たちは打つポイントを「低め」に設定しています。低めに設定することで、選手たちの打力は確実に上がりました。

打つときのボールの高低において、高めになればなるほど下半身の力を使わずに打つことができます。逆に低めのボールは、下半身をしっかり使わないといい当たりが打てません。先ほどお伝えした、バッティングの基本である①と②の動きを身につけるうえでも、低めの置きティーを行うことがベストだと私は考えています。

低めの置きティーは、打てば打つほど下半身が疲れます。ということは、下半身が正しく使えているということの証しでもあります。うちでは低めの置きティーにしてから、内野ゴロが減って、ライナー性の強い打球が多く飛ぶようになりました。本当は、この練習方法は甲子園で日本一になるまで言いたくなかったのですが、女子野球界のためにあえて発表させていただきました。

私が履正社の監督となってから、実はまだ対外試合（練習試合、公式戦ともに）で柵越えのホームランが出たことはありません（紅白戦ではありました）。女子野球は男子のように金属バットに規定はないので、そのうち置きティー効果によってホームランが飛び出すのではないかと秘かに期待しています。

守備、送球の基本

――7種類のゴロ捕球練習で基礎を身につける

本章の冒頭で、履正社の練習のレギュラーメニューとして挙げたゴロ捕球練習〈通称・ゴロホ〉の7種類は、具体的にこのようなことを行っています。このメニューは、猪坂コーチが中心に考案してくれました。

①コロコロ転がして
②ハーフバウンドで
③④連動2種〈軸足にため〈間〉を作って捕る〉
⑤シングルキャッチ
⑥逆シングル
⑦ケンケンしてから捕る

これをふたり一組となり、7種類のゴロホをそれぞれ5~10本ずつ行います。

さらに、守備の基本動作として「ボール回し」も私たちはとても大切に考えています。うちのボール回しは、ワンバン（ワンバウンド）送球から始めます。その後右回り、左回り、対角など、いろんなバリエーションを交えて行っています。

ボール回しの最初に行うワンバン送球は、塁間送球をワンバンで投げます。創部当初から行っていたやり方なのですが、実は近年のボール回しではワンバン送球を省いていました。しかし、2023年の春のセンバツなどで試合中のエラー、悪送球が多発したため「原点に返らなければ」とワンバンボール回しを復活させました。

ワンバン送球（全力で投げる）をすることで、投げるほうは「回転がいい球を強く投げる」という意識と「正しいリリースポイント」が身につきますし、捕るほうの捕球技術も磨かれます（目線を下げて捕る）。原点に立ち返ったことで、2024年春のセンバツではエラーが激減しました。

キャッチボールのときも、ボール回しでワンバンの送球を捕ったときも、ゴロを捕球したときも「ボールを捕った後は両手を胸の前に持ってくる」。これが、捕球から送球へ移る際に共通した基本的な動きです。来たボールに対して、いかに軸足をうまく入れていくかが、その後の素早いステップと正確な送球につながります。

悪送球は、無理な体勢から投げようとしたときに多く起こります。どんなときも、捕球の際に軸足をしっかり合わせて、捕球した後は両手を胸の前に持ってきてから送球する。この基本的な動きを体に染み込ませることで、守備力は向上していくのです。

本項の最後に、女子野球の走塁に関してもひとつお話ししておきたいと思います。ベースランニングでオーバーランする際は、そのライン取りが重要とされています。一般的には、ベースを踏む前にあらかじめふくらんで走り、ベースの内側を踏んで次の塁に向かっていく走り方（ライン取り）がよいと言われています。

しかし、うちでは足がそれほど速くない子には「オーバーランは直角に曲がってもいいよ」と教えています。足の速くない子はスピードがそれほど出ず、オーバーランの際に遠心力もそれほど発生しません。そういった理由から、直角に曲がるイメージでベースに入ったほうが、次の塁に早く辿り着けるのです。履正社ではベースランニングのタイム計測もたまに行いますが、スピードの出ない子は直角に曲がったほうが確実にタイムは上がります。興味のある方にはぜひ、お試しいただきたいと思います。

食育と科学的サポートによるトレーニングで強い体を作る

平成から令和へと時代が変わって、野球のみならずあらゆるスポーツで科学的アプローチによる分析が行われ、競技力を向上させるためのトレーニング方法や栄養摂取法は日々進化を続けています。私自身、チーム力をアップさせるためには、いろんな分野や領域から科学的知見を取り入れていくことが必要不可欠であると考えています。

現在、うちではグラウンドでの練習のみならず、そのほかの様々なトレーニングやコンディショニングにおいて、鍼灸師や理学療法士、トレーナー（履正社スポーツ専門学校の先生や学生）による科学的なサポート、さらには管理栄養士による栄養指導など直接身体に関わることについての専門的な指導を受けています。

ウエイトトレーニングは、女子に合ったやり方で1年を通じて行っています。シーズンオフだからといって、ウエイトトレーニングの量を大幅に増やすことはしません（ランメニューも同様)。近年はコロナの影響も踏まえて、ランメニューに関してはハードな練習を控え、慎重に内容を考えて行っています。ランメニュー以外にも下半身を鍛えるトレーニングはいろいろありますが、いずれも下半身を鍛えるというよりは、体の使い方(正しい体の動かし方)に重点を置いて指導を行っています。

スイングスピードを高めたいからといって、男子選手と同じように何百回もバットを振らせるのも危険です(反り腰と体幹が弱い女子選手は腰を痛めがちなので)。だから、うちでは現在、スイング数のノルマを設定したりもしていません。

ここ数年は、たくさんバットを振ることよりも、まず私は選手たちの腹圧を高めることに力を入れています。横隔膜と腹筋と速筋を鍛えれば腹圧は高まります。下肢からの力を上肢に伝えるためには、股関節の使い方が重要となります。そこを理解できれば、それだけでスイングスピードは上がっていきます。また、その際にどういう体の使い方をすれば、スイングスピードが高まるかもしっかり指導しています。

ここまでご説明してきたトレーニングに加えて、履正社では食育にも力を入れています。10年ほど前から、毎年春になると神戸女子大学・健康スポーツ栄養学科の坂元美子《よしこ》先生に栄養講習と測定(運動能力、柔軟性、骨密度、体脂肪など)をしていただいています。坂元先生には選手たちの3日間の食事内容を見てもらい、改善点を教えてもらったりもしています。

ほかにも、ヘルスケア事業などを展開している株式会社ユーグレナの岩城章代さんが開発した、アスリートのためのカラダ持続飲料SPURT（スパート）や、大会の際には同社の管理栄養士・相澤汐《しお》里《り》さんが監修した特製アスリート弁当も、チームとして導入しています。また、岩城さんや相澤さんには、女子アスリート向けの栄養講座も開いていただきました。その講座では、ケガをしない体作りや女性アスリートとして気をつけなければならないことなどを教えていただきました。

株式会社ユーグレナのカラダ持続飲料SPURTと、特製アスリート弁当を摂取する履正社の選手たち

履正社ではこのように、科学的サポートによるトレーニングと最新の食育理論によって、選手たちの体作りを行っています。

メンタルトレーニングでチームを強くする

試合でよりよいパフォーマンスを発揮するためには、心理的スキルを高めることもとても大切です。うちでは毎月1回、スポーツ心理学の専門家をお招きして2時間程度の講習を行ってもらっています。

メンタルトレーニングの講習をしてくれているのは、近畿大学の田中ゆふ先生です。田中先生は、弘前大学在学時の2000年に行われた第1回日米女子硬式野球大会に、日本代表メンバーとして参加して優勝した経歴をお持ちです。

創部間もない頃から、田中先生には講習を行ってもらっています。講習は毎回テーマが決まっていて、試合への心構えや取り組み方、状況に応じた考え方などいろんなことを教えていただいています。

メンタル講習を受けることで、うちの選手たちは試合中の緊迫した局面でも、素早く考え方の整理ができるようになっていると思います。人は、なぜ緊張するのか。プレッシャーを感じると、なぜミスをしやすくなるのか。そういったことを深く掘り下げて考えるのは、平常心を保つうえでとても大切なことです。

最近受けた田中先生の講習では、プレッシャーに慣れるイメージトレーニングを教わりました。「最終回同点、2アウト満塁」と細かく場面設定を行い、チーム分けをして応援などもつけて、実戦のような空間を演出します。本番さながらの雰囲気の中で、ピッチャーはストライクが入るか、バッターは打てるか、野手は飛んできた打球が捕れるか。そういったことをリアルにイメージしながら、選手たちを戦わせてプレッシャーに慣れてもらうのです。

私たちは創部初期から、メンタル講習の時間を使って選手みんなでスローガンを考えています。2023年秋に新チームがスタートする際には、2023-2024年シーズンのスローガンを「No Limits」に決めました。このスローガンには、すべてのものに限界はなく、あらゆる可能性を超えていくという意味が込められています。

講習は毎月行われていますが、1年に1度恒例で「監督（私）が選手たちを褒める」という企画も盛り込んでいます。そのタイトルの通り、3年間を振り返って私が選手全員を褒めていくという企画です。このときはなぜか毎年、まるで私から選手たちにラブレターを送っているような内容になってしまいます。私は原稿を準備しながら泣き、選手の前で原稿を読んで泣き……。私も選手も涙、涙……の恒例企画です。

「選手同士で褒め合う」という講習も行います。選手それぞれ、褒められることで自尊心が高まって、承認欲求が満たされます。それは各々の自己肯定にもつながり、ひいては「チームのためにがんばろう」という思いにつながるのです。選手同士で褒め合うということに関しては、月1回行っている木鶏会（月刊誌『致知』をテキストに、会社内で人間学を学ぶ月例の社内勉強会）での美点凝視も大変すばらしく、心が洗われる取り組みのひとつとなっています。

練習試合では中学男子チームとも対戦

これまで何度かお話ししたように、練習試合ではAB両チームともになるべく全員が出られるように配慮しています。ただ、Aはチームとして作り上げていかなければならないところもあるので、全試合で全員出場というわけにはなかなかいきませんが、Bチームは35人いたら35人全員を出すように努力しています。

女子野球はシーズン中にいろいろな大会があるため、練習試合の対戦相手は直前になって決まることもあります。相手は関西圏の高校、大学、社会人の女子チームと組むほか、ボーイズ、シニア、ヤング各リーグの男子（中学生）チームとも対戦します。中学生チームとやる場合は、なるべく女子も在籍しているチームを選んで、女子選手に履正社の野球を見てもらうようにしています。

男子高校野球チームとは、筋力差がありすぎるのであまり試合は組みません（ケガが怖いので）。その代わりといってはなんですが、2年生が修学旅行のタイミングで履正社高校男子野球部とうちの1年生同士で合同練習を冬に行っています（2024年はインフルエンザの拡大などもあって開催できませんでした）。

高校の女子硬式では福知山成美、神村学園と練習試合をよくします。そのほか、一例として2024年の練習試合の相手を挙げてみます。

【2024年上半期の練習試合の相手】

3月　関西女子（ボーイズリーグ）、京都文教大、京都両洋、福知山成美、京都外大西、蒼開、桑員ボーイズ

4月　天王寺シニア、交野シニア、西成シニア、播州ヤング、高知中央、神村学園、クラーク記念国際

5月　阪神タイガース、西成シニア、東海大、東海大静岡翔洋、住吉ボーイズ、三田ヤング、但馬シニア、神戸球友ボーイズ、履正社ＮＩＮＯ（中学）

6月　蒼開、大阪南海ボーイズ、東海ＮＥＸＵＳ、尼崎西シニア、埼玉栄、至学館大、ロケッツ、豊中シニア、大阪南海ボーイズ

2024年の現チームはそこそこ強くて、春の練習試合では1回しか負けませんでした（センバツの準決勝で神戸弘陵に敗れたのが2敗目）。7月20日に開幕した「第28回全国高等学校女子硬式野球選手権大会」では、甲子園での決勝戦と日本一を目指して戦いましたが、準決勝で再び神戸弘陵と当たって残念ながら0－1で敗れ、結果は3位でした。

OGの進路、就職先
――中学生には、どんどん体験に来てほしい！

選手たちの進路に関しては、1年生の時からそれぞれの希望を聞くようにしています。1年生のときから一貫して希望進路が変わらない選手もいれば、2年生、3年生と学年が上がるにつれて考え方の変化を見せる選手もいます。いずれにしても、私はそのOGがもっとも活躍できると思われる最善の進路を、一緒に考えるようにしています。その子がもっとも輝ける場所、その子のいいところを最大限に引き出してくれるところに行ってほしい。私の望みはそれだけです。

ＯＧで野球を続ける割合は、近年は7～8割で推移しています。卒業後に草野球をしているＯＧも含めれば9割くらいになるかもしれません。

進路は大学、短大、専門学校、社会人のクラブチームがほとんどで、大学（4年制）に進むＯＧが一番多いです。大学に行ってそこの女子硬式野球部に入るのが半分、残りの半分は大学に通いつつクラブチームに所属したりしています。

野球の指導者を目指しているＯＧも多く、そういった子たちは大学で教員免許資格を取得したり、体育大学に進学したりしています。

私の教え子ですでに指導者になったＯＧが、ひとりいます。それは松本国際の女子野球部で監督をしている横井千晃で、履正社の1期生です。現時点で監督になっているのは横井の1名だけですが、しばらくすれば監督・コーチになる選手も出てくるのではないでしょうか。

ただ私自身が、高校・大学時代に指導者を目指してやっていたわけではないので、ＯＧたちにも卒業後の活動内容などはあまり詳しく聞かないようにしています。ＯＧの中には「橋田監督に勝てるチームを作りたいです」などと言ってくれる子もいて、このように明確に「指導者になる」という目標を持ち続けている子にはがんばってほしいと思っています。私の思い描く理想的な女子野球界を作っていくためにも、OGがたくさん指導者になってくれるのはうれしい限りです。

うちのOGのいままでの進路、就職先をご紹介します（順不同）。

【大学】

●国公立

鹿屋体育大学、大阪教育大学、佐賀大学

●私立

関西大学、関西学院大学、京都産業大学、龍谷大学、京都外国語大学、追手門学院大学、甲南女子大学、神戸女子大学、大阪青山大学、園田学園女子大学、桃山学院大学、関西福祉科学大学、中部学院大学、大手前大学、四国大学、神奈川大学、順天堂大学、常葉大学、藍野大学、武庫川女子大学、大阪成蹊大学、大阪人間科学大学、神戸常磐大学、梅花女子大学、帝塚山大学、医療創成大学、佛教大学、関西外国語大学、大阪体育大学、環太平洋大学、桃山学院教育大学、至学館大学、日本大学国際関係学部、京都文教大学、

札幌国際大学、仙台大学、秀明大学、東海大学、びわこ成蹊スポーツ大学

【短期大学】

関西外国語大学短期大学部

【専門学校】

履正社スポーツ専門学校北大阪校（野球）、履正社医療スポーツ専門学校、履正社国際医療スポーツ専門学校（柔整・鍼灸・スポーツ外国語・理学療法）、ル・クレエ橿原美容専門学校、堺看護専門学校、徳島穴吹カレッジ、神戸医療福祉専門学校、沖縄こども専門学校、大阪保健福祉専門学校

【就職・クラブチーム】

大阪府警察、日本女子プロ野球機構（女子プロ野球選手）、淡路ブレイブオーシャンズ、株式会社ゼンコー（ZENKO BEAMS）、株式会社エイジェック、読売巨人軍、九州ハニーズ

【留学】

オーストラリア留学

これらがいままでの進学、就職先です。

ちなみに、中学生を集めるための勧誘や視察といったスカウティング活動を私はめったにしません。うちのグラウンドで体験は随時受け付けているので、一緒に練習をして「このチーム、いいな」と思って入ってくれるのが一番だと考えています。本書をご覧になっている読者の中で、女子中学選手やその保護者の方がいれば、ぜひ履正社の練習を体験しに来てください。練習内容はもちろんですが、施設、環境にも自信を持っています。みなさんのご来場を心よりお待ちしています！（詳細は履正社高校女子野球部のＨＰでご説明しています）

私が体験をお勧めするのは、単にイメージや想像だけではなくて、実際に肌でチームや環境、雰囲気を感じてもらって「履正社で野球がしたい」と心の底から思えた選手と一緒に野球がやりたいからです。

私は昔から「スカウティング活動をする時間があったら、選手たちとグラウンドで野球がしたい」という思いを強く持っています（たまに視察にも行きますが）。履正社を選び、履正社に入ってきてくれた子たちが一番大切です。だから、うちの子たちのために私は100％の時間を割きたい。たぶん、その考え方が変わることは今後もないと思います。

RISE

第5章

女子野球の未来は明るい

見ている人も笑顔になる。それが女子野球

選手一人ひとりが未来の女子野球の担い手

女子野球は歴史が浅いぶん、運営する組織も新しく、伝統やしがらみに縛られることもあまりありません。私は選手たちにいつも言っているのですが、プレーする選手一人ひとりのがんばりに女子野球の未来がかかっています。自分のがんばり次第で、大好きな女子野球の未来を変えられるという体験は、ほかの競技ではなかなか味わえないことではないでしょうか。

いま、全国でプレーしている女子野球選手たちには「自分たちには、女子野球の未来を変える力がある」という誇りを持ってほしいと思います。そして「野球が好き」という気持ちで一生懸命プレーすれば、その楽しさが観客にも伝わって女子野球のファンもさらに増えていくはずです。

競技人口が近年急増している女子野球ですが、女子硬式野球に限れば２０２３年の時点で約3000人です。何万人、何十万人もいるほかの競技と比べれば、女子野球の人口はまだまだ少ないといえます。

しかし、競技人口が少ないということは、選手ひとりの与える影響がとても大きいことを意味しています。ひとりのがんばりが、良くも悪くも女子野球界に大きく影響する。選手も、私たち指導者も、そのことをしっかり理解したうえで、野球というスポーツを楽しんでいかなければならないと思います。

女子野球はチーム数も急増しているため、運営サイドはその対応に苦慮している部分もあるでしょう。私自身、以前は運営サイドにもいた人間なので、その大変さはよく理解していますし、各大会を運営していただいている団体の方々には感謝しかありません。女子野球のさらなる発展を願うのであれば、運営サイドと私たち指導者がいままで以上に意思疎通を図りながら、選手ファーストの運営を心がけていくことが求められるでしょう。

女子野球の魅力を広めていくために、いま何が一番必要か？

その答えは「競技レベルの向上」であると私は考えています。プレーヤーが「野球を楽しむ」ことは大前提としてありますが、見ている人たちに「この子たちいいな」「がんばっているな」と思ってもらうには、競技レベルを上げていくことがもっとも重要だと思います。

私は、いつも選手たちに「自分たち一人ひとりが、女子野球の未来を創っているんだという気持ちでプレーしてな」とお願いしています。小・中学生がうちの選手たちのプレーを見たときに「お姉ちゃんたちみたいになりたい」と思ってもらえるかどうかがとても大事なのです。

野手のファインプレーを見て「野球をやりたい」と思う小学生がいるかもしれません。ピッチャーの牽制やシフトプレーを見て「こんなこともできるんだ」と感心してくれたり、ベンチで元気いっぱいに応援している控え選手の姿を見て「楽しそうでいいな」と思ってくれたり、私たちのプレー一つひとつに、次世代を担う女子野球選手に影響を与える可能性があることを忘れてはいけません。

いま、野球をやっている小・中学生の女の子たちへ。一度、履正社の野球をご覧になってみてください。私たちのプレーを見ていただければ、高校生になっても楽しく、かつ高いレベルの野球ができることを理解していただけると思います。

なぜ女子日本代表は強いのか?

――世界の女子野球のいま

世界野球ソフトボール連盟(WBSC)は、女子野球の世界ランキングを随時発表しています。2023年12月時点での順位(ベスト10)は次の通りです。

1位　日本
2位　台湾
3位　ベネズエラ
4位　アメリカ
5位　メキシコ
6位　プエルトリコ
7位　香港

8位　カナダ
9位　韓国
10位　キューバ

日本は2012年にランキングが開始されてから、首位の座をずっと守り続けています。第1章でお話ししたように、日本は投手力＋バッテリーの力が他国を圧倒しています。ピッチャーのコントロール、スピード、球種、さらにはバッテリーの配球術、すべての面において、その質の高さは群を抜いているのです。

コロナ禍によってしばらく国際大会が開催できず、2023年に5年ぶりにワールドカップの予選が行われました（ファイナルステージは2024年7月下旬～8月上旬にカナダで開催されました。本書は6～7月にかけて執筆したため結果はわからず……）。

その予選を見た限りですが、ぐっとレベルアップしたと感じたのはベネズエラ、プエルトリコです。直接試合は見ていませんが、アメリカも関係者の話ではかなりレベルアップしているとのことでした。

ベネズエラ、プエルトリコは元々パワーのあるチームなので、そこに確実性も備わってくるとかなり手強い存在となります。ラテン系のチームは勢いに乗ったら怖いので、調子づかせる前に決着をつけることが大切だと思います。

アメリカは着実にレベルアップを果たすとともに、上手に世代交代を図ってチームのバランスを保っています。若い選手も多いので、未知の力の台頭もあるかもしれません。

パワーあふれるベネズエラですが、実際に対戦すると意表を突いて小技をやってきたりもします。私も2018年のワールドカップで「なんでこんな大きな選手が、しかもこのタイミングでセーフティー?」ということがありました。送りバントも意外にしてきます。

世界一の日本に追い付け、追い越せと、他国も日本を研究しているのでしょう。私たちが得意としてきた細かく緻密な野球である「スモールベースボール」を、ほかの国々も貪欲に取り入れようとしています。

世界ランキング1位を日本がずっとキープできているのは、日本の子どもたちの野球環境が整っているからです。日本では、女子選手たちも小学生の頃から男子に交じって一緒に野球をします。中学、高校になっても、部活に所属すれば週5~6で野球ができます。このような恵まれた環境で女子選手が野球に取り組める国は、世界を見渡しても日本くらいのものでしょう。

私がかつてお世話になったオーストラリアは、残念ながらコロナ禍以降男女ともに若干低迷しています。19世紀にアメリカから野球が伝わった日本は、国民の間に「野球」というスポーツが文化として深く根づいています。しかし他国は、そのような長い歴史も文化もありません。オリンピックの競技種目から野球が外されたことも、オーストラリアの低迷に少なからず影響していると思います。

今回のワールドカップは、2ステージ制で行われる初めての大会です。第1ステージは2023年に12チームがふたつのグループに分かれて戦いました。8月にカナダのサンダーベイでグループAが、9月に日本の三次市でグループBの予選がそれぞれ行われて、ファイナルステージ進出チームが確定しました。

グループAからはアメリカ、カナダ、メキシコ、グループBからは日本、台湾、ベネズエラがファイナルステージ進出を決めました。この6チームが先ほど紹介した日程で総当たり戦を行い、上位2チームが2024年8月3日（予定）に世界王者の座をかけて戦います。世代交代を図ったアメリカ、開催国であるカナダ、オーストラリアを破ってファイナルステージ進出を決めたメキシコも侮れない存在です。

本書が刊行される頃にはワールドカップの結果も出ていますが、日本代表が前人未到の

7連覇を達成していることを信じています。

これからの女子野球はアジアが熱い！
――台湾でコーチングクリニックに参加

私が国際大会でＴＣ（テクニカル・コミッショナー／技術委員）などを務めていたことは、先ほども何度かお話ししました。そのＴＣに加えて、日本女子代表・侍ジャパンの監督を務めたことで、台湾、香港をはじめとするアジア各国から講習会などのオファーをいただくことがたまにあります。

最近では２０２３年12月、ＢＦＡ（アジア野球連盟）主催のコーチングクリニック（指導者講習会）で台湾に行ってきました。台湾はベテラン選手が多く、その選手たちがそう遠くない将来、指導者になっていきます。そこで台湾は、未来の女子野球界の担い手を育てるべくコーチングクリニックを開き、その講師としてアジア初の女性代表監督となった私を招いてくれたのだと思います。

私と一緒に講師を務めたのは、MLB所属のピッチングコーチ・マークさんとアスレティックトレーナーの小澤奈央さん（小澤さんは鹿屋体育大学卒業生で、私が大学院在学中の学部生で15年ぶりの再会が台湾となりました）でした。

講習会では、投げる、打つ、走る、捕るといった野球の基本、内・外野手の守備やフォーメーションなどのプレーに関する事柄のほか、座学メニューもたくさんあって、年間スケジュールの組み方、チームビルディングの仕方など、チームの運営方法に関してもいろんな説明をさせていただきました。

受講されているみなさんも、ただ講習を受けるだけではなく、積極的に質問もしてくださいました。「セレクションはどのように行い、何を基準に選びましたか？」「代表の試合では打順はどうやって決めましたか？」「どういうふうに選手たちとコミュニケーションを取っていきましたか？」など具体的な質問をたくさん投げかけていただき、私も日本代表の監督として、また履正社の監督として経験してきたことを振り返りつつ、実際の例を交えてお答えしました。

アジア野球連盟の主催、台湾開催だったので、参加者総勢40名のうち半分が台湾関係者、あとの半分はアジア各国から指導者、コーチなどが集まっていました。元々、この講習会は選手を受講対象として始まったらしいのですが、選手が練習方法などを各国の選手たちに指導したとしても、その国の指導者が理解しない限りそれは伝承されていかないことが反省点だったようです。

アジアは野球発展途上の国がたくさんあり、このときの講習会にはインド、カンボジア、ネパール、インドネシア、スリランカ、シンガポール、タイ、パキスタンなどが参加していました。いずれも男子野球に続いて、女子野球の普及にも力を入れ始めたばかりの国々です。日本が、このような発展途上の国々にできることはたくさんあるはずです。女子野球普及のためにBFAと連携しながら、日本として何ができるのかを私も積極的に考えていきたいと思っています。

今回の講習では、先ほど触れたように、台湾代表のベテラン選手たちがたくさん参加していました。しかし、実際の現場では、台湾の代表監督・コーチにまだ女性は入ったことがありません。講習中の台湾選手たちの目は、とても輝いていました。これから先、台湾では代表チームでも女性コーチが活躍し、その次のステップとして初の女性監督が誕生することでしょう。こうした女性の躍進とともに、台湾の代表チームはさらに強化されていくと思います。私たち日本も、世界ランキング2位の台湾に抜かれないよう、もっともっとがんばっていかないといけません。

女子野球を陰で支える全日本女子野球連盟と山田博子会長

女子野球の発展を図る全日本女子野球連盟と、地域活性化を目指す地方自治体が互いに力を合わせて活動を展開する「女子野球タウン」の認定事業が、いま全国に広がりを見せています。

認定された地方自治体は、女子野球をシティプロモーションとして活用して、地域の活性化を目指します。連盟と自治体は情報交換や交流を図りながら、大会や野球教室の開催といった女子野球の普及活動、さらには地域の観光地や特産物と女子野球のコラボレーション企画など、お互いのリソースを最大限に生かしながら、ともに盛り上がっていこうとがんばっています。

２０２０年9月の事業立ち上げに際して、認定第1号となったのは次の3市です。

・嬉野市　２０１４年に女子オランダ代表の合宿を受け入れ
・加須市　センバツのメイン開催地
・松山市　全日本女子硬式野球選手権大会の開催地

このほか、２０２４年７月の時点で、16の自治体が「女子野球タウン」に認定されています。

国内の女子野球が発展を続けているのは、全日本女子野球連盟の山田博子会長の存在抜きには語れません。山田会長は連盟の会長のほか、野球、ソフトボールの国際大会を主導する世界野球ソフトボール連盟（ＷＢＳＣ）の女子委員会の委員長も務めていらっしゃいます。

山田会長自身は女子野球経験者ではなく、２００４年に富山で開催された女子野球世界大会で通訳を担当したことから、女子野球とのつながりが生まれました。２０２０年に会長に就任してからは、マーケティングや女子野球普及発展活動をこれまで以上に積極的に展開されています。

山田会長は野球経験者ではないのに、女子野球の魅力を知って以降、誰よりも女子野球界のために尽くされています。私も連盟で10年ほど活動した経験があるので、その忙しさや大変さは多少理解しています。女子野球のためにとがんばっていらっしゃる山田会長には、尊敬の念と心からの感謝しかありません。

２０２３年、女子野球ワールドカップの予選・グループＢの試合が行われた広島県三次市も「女子野球タウン」に認定されている自治体のひとつですが、三次市と広島県内企業（スターライト工業株式会社）が連携協定を結んで、２０２５年春にも社会人女子硬式野球チームを発足させることになっています。ワールドカップで終わらず、次につなげていこうとするこうした動きがますます広まっていくといいなと思います。

世界の野球を知って、私の野球観も変わった

コツコツと犠打を用いて走者を進塁させていく日本の野球は、海外の人たちからしてみ

るとどうも面白くないようです。私自身、他国の方々から「日本の野球はつまらない」と何度か言われたことがあります。

２０１７年、女子日本代表の監督として初めて臨んだU18アジア大会のパキスタン戦でこんなことがありました。

パキスタンの監督は、アメリカの女子野球のパイオニアとして知られるジャスティン・シーガルが務めていました。私も以前からジャスティンとは面識があったので、試合前に挨拶がてら話をしていると、彼女から「頼みがある」と打ち明けられました。

ジャスティンが言うには、そもそもパキスタンにはピッチャーがそんなにいない。しかもフォームもしっかりしていないし、コントロールもよくない。でも、球数を投げすぎて、試合後にピッチャーが肩を壊すのだけは避けたい。お願いだから、フォアボールで出塁とかを狙わず、打てるボールは初球から打っていってほしい、と言われました。

試合に入る前のミーティングで、私は高校生の選手たちに「打てるボールは初球からどんどん打っていこう」と伝えて、その理由もちゃんと説明しました。

パキスタンの選手たちは、これから一緒に女子野球を盛り上げていかなければならない仲間であること。その大切な仲間にケガをされるのも嫌だし、私たちと野球をしたことによって野球を嫌いになられるも嫌。だから、相手が「日本とまた試合がしたい」と思ってくれるような取り組み方や試合運びを、私たちも考えていかなければならない。日本の選手たちには、そんな説明をしたように記憶しています。

試合が終わってから、ジャスティンに「野球を教えてあげて」と頼まれて、私たちはパキスタンの選手たちにキャッチボールとトスバッティングを教えました。日本の選手たちも、この臨時野球教室で一生懸命手取り足取り指導してくれたのですが、その様子を見ていたインドの監督さんから「ウォーミングアップを教えてほしい」と言われて「大丈夫？ついてこられる？」と思いながら一緒にウォーミングアップもしました。女子日本代表は他国から一目置かれているので、大会中に「教えてほしい」と言われることがよくあります。そういった要望に応えていくことも、日本に与えられた使命なのだと思います。

国際大会の裏方をすると、多くの学びが得られる

私がTCとして初めて国際大会のお手伝いをしたとき、インドの選手の背番号が剝げていることがありました。ユニフォームのクオリティが低すぎて、前日の洗濯で背番号が剝げてしまったのです。私がインドのベンチに飛んでいくと、監督は「ユニフォームの替えなどない」と言います。しょうがないので、私はその選手の背中にマジックで背番号を書きました（ルール上、背番号がないとプレーできないことになっているため）。

インドの選手たちはあまり上手ではありませんでしたが、本当に楽しそうにプレーしていました。試合中の彼女たちの笑顔が、とても鮮烈に記憶に残っています。フライを捕っただけで優勝したかのように喜んでいるインドチームを見て、私は心が洗われました。インドのようなチームは、見ているとなぜか応援したくなってきます。きっと私も野球を始めたばかりの頃は、インドの子たちのような気持ちでプレーしていたから、自然と応援したくなってくるのでしょう。

インドやパキスタンは、野球の道具も満足に揃っていません。野球のスパイクがないので、サッカーのスパイクを履いていたり、ランニングシューズやスニーカーを履いていたりする選手もたくさんいました。試合前に「ヘルメットが足りないから貸して」、試合後に「キャッチャーミットがないからちょうだい」というようなことを言われるのは、アジア大会では日常茶飯事です。私は国際大会があると、金属バットなどを何本か持っていってプレゼントするようにしていました。

国際大会で他国の様子を見ていると「日本は本当に恵まれているな」と感じます。日本のように、チーム全員がお揃いのシューズやウエア、きれいな道具が揃っている国は滅多にありません。私が代表監督を務めているとき、こんな発言をした選手がいました。

「私たちは、すばらしい環境で野球をしていたことに、気づくことができました。この環境に文句を言っているようでは、野球選手としてだけではなく、人間としてもレベルが低いと思います」

本当にその通りだと思います。

日本の野球は、どうしても「勝てばいい」という方向に行きがちですが、海外に目を向けたとき、よく言われるアンリトン・ルールのような暗黙の了解も心得て、私たちは状況を見ながら臨機応変に戦い方を変えていく必要があります。そういった戦い方も、高い技術がなければできないことなのです。

私は、ＷＢＳＣの技術委員として登録されているので、２０２４年夏の選手権大会が終わった後の９月に、男子のＵ23ワールドカップのお手伝いで２週間ほど中国に行く予定になっています。

各カテゴリーの国際大会に参加するたびに、多くの学びがあります。U23くらいになるとMLBのマイナー選手も出ていたり、元メジャーリーガーのコーチがいたりして「お、〇〇やん！」と一野球ファンとなって楽しんでしまうときもあります。彼らがバッティングを教えているところに何気なく近づき「フムフム、なるほど」と盗み聞きできるのも、技術委員の特権だといえるでしょう。

ワールドカップでは試合前のノックが10分、バッティング練習の時間が30〜40分あるのですが、その時間の使い方、やり方も国によっていろんなスタイルがあります。「こんなやり方があるのか」と、指導者として非常に参考になることばかりです。履正社での活動と併せて、世界の野球に貢献できることがあれば、私はこれからも積極的に取り組んでいきたいと考えています。

女子野球の未来は明るい
——見ている人も笑顔になる。それが女子野球

女子野球の競技人口が増えると、選手たちがやがて母になったとき、きっと子どもたちに野球を勧めてくれるはずです。その結果、男子も女子も含めた野球界全体の競技人口が増えていきます。このいい循環を実現するためには、高校でどういう野球をして、どういう野球を学んで卒業していったかがとても重要になると考えています。「女子野球をやって本当によかった」といい思い出を持って卒業してもらわないと、自分の子どもに野球をやらせようとは絶対に思ってもらえないでしょう。

楽しく野球をやることを大前提として、正しい野球の知識、戦術、戦略を覚えてもらって、さらに体を鍛えるのと同時にケガの防止にもつながる正しい動き方、トレーニング方法なども高校時代にしっかり身につけてもらう必要があります。

私は、未来の女子野球のみならず、野球界全体を左右する非常に責任ある立場にいるこ

とを自覚しています。そういった意味でも「未来を背負っている」といつも感じています し、選手たちにも「みんな女子野球の未来を背負ってるんやで」とよく話します。こうして、次世代につなぐバトンを託す作業を、私は毎日続けているのです。

履正社には、野球が大好きな子しかいません。それは練習風景を見てもらえれば、一目瞭然です。練習を「やらされている」というような子はいません。本当に好きで、野球に一生懸命取り組んでいる彼女たちの姿をぜひ一度見てもらいたいです。

「野球をやっている選手だけではなく、見ている人も笑顔になる」

それが、女子野球の魅力だと思います。

指導者として選手たちといつも一緒にいますが、こんなに楽しそうにプレーしている選手たちのそばで一緒に野球ができることに、私は幸せと喜びを感じています。

投げる、打つ、守る、走る。野球というスポーツは、プレーヤーのタイプに合わせて活躍できる場がたくさん用意されています。バントがうまい、盗塁がうまい、あるいは指示を出すのが上手、ベンチを盛り上げるのがうまい、そんないろんなタイプの選手たちに、高い評価が与えられるのが野球というスポーツのいいところです。

グラウンドでプレーする9人以外、それはマネージャーでもスコアラーでもランナーコーチでも構いません。チームに所属するすべての選手が、自分の中にあるいろんな可能性を見出せる、あるいはその可能性で勝負できる、挑戦できるスポーツが野球なのです。

いま、野球をしている選手たちには、自分の力を発揮できる要素は何なのか、それを早く発見してほしいと思います。チームの勝利に貢献できる要素が、あなたたちの中に絶対にあるはずです。

うちの選手たちにいつも言っていることですし、本書でも何度かお伝えしてきましたが、女子野球の未来は現役プレーヤーとして活躍している方々にかかっています。あなた方のがんばりが、将来の女子野球の発展につながっていきます。応援される選手、応援されるチームを目指しましょう。そのためには、応援されるようなレベルの野球をしっかり続けていくこともとても大切だと思います。

「女子野球の未来は明るい」そして「感動が未来を創る」

一緒にそう言えるように、みんなでがんばっていきましょう。

夢はつながっていく

第1章でお話ししたように、私たちは2024年4月下旬に仙台で行われた「第1回アイリスオーヤマ杯女子硬式野球交流大会」で初代王者になることができました。その決勝で当たった相手こそ、私の母校である仙台大でした。

大学時代、私は100人以上いる男子に交じって毎日練習をしていました。まさかその母校に女子硬式野球部ができるなどとは、当時は夢にも思いませんでした。

仙台大の女子野球部は2023年に創部されて、履正社からも5人のOGが進学しています。教え子もいる母校との対戦は、本当に感慨深いものがありました。

このように、昔は夢にも思わなかったようなことが、いま現実となって目の前に次々と現れています。2017〜2018年に私が女子日本代表の監督を務めたのもそうですし、夏の選手権大会の決勝が2021年から甲子園で行われるようになったこともそうです。

まさか、私が生きているうちに女子も甲子園で野球ができるようになるなんて……。しかも、私が指導者として、選手たちと一緒に甲子園を目指しているのです。壁当てばかりしていた高校時代の私に「あんたは将来、日本代表の監督になるんやで」「女子でも甲子園で野球ができるようになるんやで」と言っても、絶対に信じなかったことでしょう。それくらい、昔では信じられなかったようなことが、女子野球界で次々と実現しています。

私は、かなりの強運だと自分でも思っています。いままでの人生も「終わった……」と思ったときに、別のところから光が差し込んできたり、誰かが救いの手を差し伸べてくれたりして野球を続けてくることができました。

近年「女子野球の指導者は女性がやったほうがいい」という声を、よく聞くようになってきました。そして実際に、本書でもお話ししてきましたが、高校野球にも女性監督が多くなってきています。それもこれも、女子が少数派だった時代に、がんばって野球を続けてきた人たちがいたからです。

私より年上で、いまでも野球を続けていらっしゃる方はたくさんいます。時代の流れに屈することなく、野球を続けてきた女性たちが過去に何人もいたからこそ、いまの女子野球の隆盛があることを忘れてはいけないと思います。

日本では、このようにいろんな人のがんばりがあって、女子野球の認知度も年々高まってきています。これは女子野球に携わる人間として、本当にありがたいことです。

私も、花咲徳栄時代の女子硬式野球部の教え子でもある国際武道大学の清水伸子先生と、女子野球の普及振興活動を不定期に実施しており、女子野球選手の体力測定や野球教室、栄養講座を毎年佐賀（ザ・スパ武雄主催）で開催しています。

清水先生と花咲徳栄女子硬式野球部の同級生で、元日本代表投手でもある小林夏希さんも、フィールドフォースにて野球用具、女子野球選手向けグラブの開発などを活発に行なっています。また女子野球大会などでは「日本中で一番選手や保護者、チームのみなさんと距離感が近いスポンサーさんへの道」と、元女子野球選手だからこそできるSNSの発信が彼女らしいなと思います。

このふたりとは年間に数回お会いしますが、教え子というよりいい野球仲間であり、彼女らのがんばりにこちらも大きな刺激をもらっています。

でも、世界に目を転じると、日本のように女子野球が盛り上がっているのはまだまだ少数派です。オリンピックの正式種目から外れたことも、相当影響していると思います。

女子野球の普及のために、国内の横のつながりを深めていくことはとても大切です。しかし、それと同時に世界の国々とも手を取り合い、普及活動に努めることもこれからの時代は並行して進めていく必要があります。

日本代表が勝ち続けていることは、日本にとってはよくても、世界的な女子野球の普及の観点から見れば、決して喜ばしいこととはいえないかもしれません。世界のレベルが上がって各国がしのぎを削りながら、大会ごとに違う国が優勝するような状況こそが、真の意味での女子野球の普及につながるのだと思います。だからこそ、日本代表を破る国が早く出てきてくれることを私は願っています（一方で、連覇を続けてほしいという複雑な気持ちもありますが……）。このまま日本一強の時代が長く続けば、女子ワールドカップもなくなってしまうかもしれません。

私以外にも、海外の女子野球に目を向けている日本の選手や指導者は、たくさんいると思います。実際に青年海外協力隊の活動でニカラグアの女子野球の普及に取り組んでいらっしゃる青森の阿部翔太さんもいますし、２０２４年1月には読売ジャイアンツ女子チームがニカラグアで野球教室や交流試合も開催しています。

円安真っただ中で大変な部分はありますが、日本として海外へ普及活動に赴いたり、あるいは海外から選手を受け入れたりという活動は続けていかなければならないと思います。

ですから、海外の選手で「履正社で野球を一緒にやってみたい」と言ってきた子たちは、積極的に受け入れています。２０２４年の夏休みにも、オーストラリアとアメリカから数名の女子選手が体験にやってくる予定です。

私の人生は未来を考えて生きるより、とにかくいまを一生懸命に、大事にして生きてきました。そして、がむしゃらにがんばって生きていると、結果として未来が開けていくことに最近気づきました。だから私はこれからも、女子野球を当たり前の文化にするために、国内外を問わず求められた場所で、与えられた仕事に本気で取り組んでいきたいと思っています。

おわりに

こうして自分の人生を振り返ってみると、私は人との出会いに救われてきたんだということをつくづく感じます。これまで、野球を辞めようと思ったことも何度かありました。でもそのたびに、人との出会い、いい記事との出会い、誰かからのひと言、そういうほかからの何かに支えられて、私はここまでやってくることができました。

「橘田恵」という名前の通り、私は本当に恵まれていると思います。この場をお借りして、私の人生に関わっていただいた方々に、心の底から「ありがとうございました」と言いたいです。

本書でお話しした通り、私は女子野球の監督になろうと思って生きてきたわけではありません。そのとき、その瞬間を一生懸命に生きてきただけで、その結果としていまがあります。そんなふうに言うとカッコよく聞こえますが、目の前のことをこなすのにいつも必死で、先のことなど考えられなかったと言ったほうが正確かもしれません。でも、何でもワクワク取り組んできた結果、道が開けてきたのも事実です。だから、選手たちにも「いまできることを全力でやろう」といつも言っています。

試合で訪れるピンチ、あるいは人生の歩みの中での行く手を阻む壁。こういったものは多くの人にとっては、避けて通りたいものなのかもしれません。でも私は、

「ピンチはチャンス」

と捉えて、何事にも全力で取り組んできました。ピンチや壁は忌避するものではなく、自分を成長させてくれるチャンスだと捉えて、私はずっと生きてきました。

どんなときも、いまできることに全力で取り組む。全力でやらなければ、先も見えてきません。選手たちに「いまできることを全力でやる」と言いながら、私は自分自身に言い聞かせてもいるのです。

現役引退後に花咲徳栄でコーチをしていた頃、野球をすることがありました。でも試合に出て、そこでいいプレーをしても、ヒットを打っても、私はあまりうれしくありませんでした。

「なんでうれしくないんやろ?」

そこで私は気づきました。「全力でやってないからや」と。

現役時代の私は、何事にも全力で取り組んでいたので、すべてが楽しかったのだと思います。それが現役引退後は指導役に徹して、自分が一生懸命に練習をすることはなくなりました。普段全力で練習していないから、いいプレーをしてもうれしくない。現役を引退するとは、そういうことなんだとそのときに理解しました。

本書では、女子野球の現状と未来についてもお話しさせていただきましたが、私自身はこの先どうなるのか、自分ではまったくわかっていません。とにかくいままで通り、自分のできることを全力でやっていくだけだと考えています。

いま、私は履正社で「日本一」を目指して、選手たちと日々がんばって練習を続けています。でも、日本一になればそれでいいのかというと、そんなことはありません。もっとも大切にしなければならないのは、日本一になる「過程」です。「結果よければすべてよし」ではなく「過程よければすべてよし」。さらに加えるなら「結果もよければなおよし」です。日本一になったとき、まわりがどれだけ喜んでくれるか。それも私たちがいい過程を歩んできたかどうかを表す、ひとつのポイントだと思っています。

履正社の選手たちには「結果」より「過程」が大切なことは日々説いているので、きっと理解してくれているはずです。私も彼女たちがいい過程を歩めるように、ある程度の方向性はつけていきます。ただ、彼女たちが自分で考えて進んでいける余白は、残しておきたいとも思っています。私に言われてやるだけではなくて、私は彼女たちと「一緒に」野球をしていきたいのです。

高校時代の私が野球をあきらめかけたとき、ふたりの日本人女子選手がアメリカの女子プロ野球でプレーするという新聞記事を見て、私は野球部を辞めるのを思いとどまりました。日本女子野球の先駆者である鈴木慶子さんと山元保美さんがいなかったら、いまの私はありません。おふたりには、本当に感謝しています。

高校・大学時代はずっと補欠。7年間で公式戦に出場できたのは、たった一度だけ。女子日本代表にも選ばれなかった私が、オーストラリアでは州代表となって全豪大会で優勝、そしてＭＶＰを受賞。さらにその後、履正社レクトヴィーナス・履正社高校の監督として日本一になり、女子日本代表・侍ジャパン〝初〟の女性監督として世界一になることもできました。「本当にワールドカップで優勝したんか？」「本当に私が監督やったんか？」といまでも不思議に思うことがたびたびあります。「ホンマに奇跡やな」と。

私はいままでと同様、これから先も女子野球のために生き、女子野球に新しい風を吹かせていきたいと思います。限界を設けず「ここまでできるんだ」と攻め続けていきます。

女子野球は未知の領域がまだまだ多くて伸びしろばかりなので、磨けば磨くほど光り輝きます。女子野球をより輝かせるために、競技レベルが高いだけの選手ではなくて、女子野球の魅力をプレーや言葉で表現できる選手を私は育てていきたいと思っています。

私が鈴木さんと山元さんの記事に影響されたように、この本を読んで「私も女子野球をがんばろう」と思ってくれる人がいたとしたら、それは著者として最高の喜びです。女子野球界のために、これからも一緒にがんばっていきましょう。

２０２４年７月　履正社高校女子硬式野球部監督　橘田恵

女子野球の未来を創る

いまできることを全力で

2024年9月6日　初版第一刷発行

著　　者／橘田恵

発　　行／株式会社竹書房
〒102-0075 東京都千代田区三番町8-1
三番町東急ビル6F
email : info@takeshobo.co.jp
URL　https://www.takeshobo.co.jp

印 刷 所／共同印刷株式会社

カバー・本文デザイン／轡田昭彦＋坪井朋子
カバー写真／森田真弘
本文写真／一般社団法人全日本女子野球連盟・橘田恵ほか
参　　照／一般社団法人全日本女子野球連盟公式HP
協　　力／一般社団法人全日本女子野球連盟・一般社団法人
ホームベース
特別協力／岩城章代
取材協力／履正社高校女子硬式野球部
編集・構成／萩原晴一郎

編 集 人／鈴木誠